Roger Don

La Nounou

Histoire de la Moucheronne

ISBN : 978-3-98881-812-6

10 9 8 7 6 5 4 3 2 1

Roger Dombre

La Nounou

Histoire de la Moucheronne

Table de Matières

Dédicace

Dédié à Mme Seymard de la Viste.

Chère madame,

Permettez-moi de vous dédier cette bluette écrite sous les ombrages de votre villa riante, en souvenir des heures charmantes passées au bord de cette Méditerranée si belle et si aimée où nous nous retrouvons chaque année.

ROGER DOMBRE.

Chapitre I
Sinistre nuit

Cette histoire a eu lieu en 1840 environ sous le règne de Louis-Philippe, dans une forêt de la Bourgogne, alors moins peuplée de cantons et de châteaux, qu'elle ne l'est de nos jours.

La nuit était sombre ; une vilaine nuit d'automne, sans lune, sans étoiles, avec une bise aigre qui faisait gémir les branches à demi dépouillées et qui cinglaient désagréablement le visage.

Au milieu de la route solitaire qui conduit de Saint-Prestat à Champ-Bœuf, un homme cheminait en boitillant ; il venait de loin et jurait à chaque caillou que rencontrait son pied fourbu.

Il portait un paquet qui semblait plus embarrassant que lourd. De temps en temps il se retournait, et une expression de terreur pâlissait son visage lorsqu'il croyait voir passer une ombre à ses côtés.

Il était de taille colossale et robuste ; mais en ce moment il était craintif comme un enfant.

« Pourvu qu'ils aient bien caché le corps ! » grommelait-il entre ses dents.

Ils, qui donc était-ce ?

Sans doute les misérables que le nocturne voyageur avait laissés, une heure auparavant, à minuit, au carrefour de la Croix rouge, sur la route de Saint-Prestat.

L'œuvre à laquelle se livraient ces bandits consistait à effacer le plus habilement possible les traces de leur crime.

Car un drame affreux avait eu lieu cette même nuit en cet endroit : trois brigands piémontais, experts en ces sortes d'affaires, aidés du braconnier Favier que nous venons de voir arpenter la route obscure, avaient détroussé (pour employer leur pittoresque expression) un voyageur qui se rendait, en simple voiture de louage, au château de Cergnes situé à quelque distance de là.

Et vraiment, il était bien pressé d'y arriver, le pauvre étranger, car, malgré les représentations de l'aubergiste chez lequel il avait soupé, il avait voulu se remettre en chemin le soir même. Cette obstination se comprenait cependant : cet homme, jeune encore, dont la belle et noble figure portait une profonde expression de tristesse, avait avec lui un petit enfant, mignonne créature que venait de quitter sa nourrice ; et le pauvre père, à l'issue d'un long voyage qui allait enfin avoir un terme, pour la petite fille du moins, apaisait la faim du bébé avec un biberon, s'acquittant d'ailleurs de ces soins avec une délicatesse infinie, en dépit de la maladresse qui les accompagne toujours quand ils sont donnés par un homme.

Et voilà que, au milieu de la route où trottait le maigre cheval de louage, quatre bandits s'étaient jetés soudain sur la voiture. L'un avait sauté à la tête de l'animal qui n'était, d'ailleurs, nullement tenté de s'enfuir ; un autre étranglait le malheureux cocher qui appelait à l'aide, hélas ! en vain, et les deux autres s'occupaient du voyageur.

L'infortuné essayait vaillamment de se défendre : il luttait dans l'obscurité contre deux adversaires et fut bientôt vaincu : « Ayez au moins pitié d'elle ! gémit le pauvre père en recevant le coup mortel. » Ce fut sa dernière parole, et il expira, le cœur mordu par une angoisse terrible à la pensée de l'enfant qui allait devenir la proie ou la victime de ses misérables agresseurs.

Ceux-ci, munis de lanternes sourdes, contemplaient leur œuvre en silence.

« Eh ! mes agneaux, il ne s'agit pas de nous amuser, dit soudain Favier, le colosse, qui semblait avoir une certaine autorité sur les autres ; il est sûr que, loin de la ville comme nous le sommes, nous ne craignons pas la visite de la police ni même du garde, mais les traces d'une expédition comme celle-ci doivent disparaître au plus tôt ; la prudence est la mère de la sûreté, dit-on.

– Le vieux est judicieux, fit observer l'un des Italiens ; à l'œuvre donc ! fouillons d'abord la voiture et les vêtements du brave homme qui vient d'être touché. »

Le corps du cocher, dépouillé des pièces de monnaie qu'il portait, fut déposé à quelques pas sous les arbres de la forêt qui bordait le chemin ; puis, le cadavre du jeune étranger fut dévêtu et l'on retira de ses poches l'or qu'elles contenaient.

Les bandits furent déçus : ils comptaient sur une forte somme et ils avaient à peine cinq cent francs à se partager.

« C'était bien la peine de courir le risque de la guillotine pour si peu ! » grommelaient-ils en montrant le poing au mort.

On fouilla la voiture : elle ne contenait qu'une valise pleine d'effets et un paquet assez volumineux que l'on prit pour une couverture de voyage.

Mais lorsqu'un des scélérats s'en empara, ce paquet rendit un vagissement étouffé.

« Tiens ! la couverture qui crie, à présent ! s'exclama l'un des cyniques larrons.

– Un enfant ! il y a un enfant ! s'écrièrent-ils. En voilà une bonne !... Celui-là ne sera au moins pas récalcitrant, ni difficile à exécuter, on n'a qu'à serrer un peu le cou et... »

Un des Piémontais allait saisir la pauvre petite créature et nouer autour de son cou ses gros doigts calleux, lorsque Favier intervint.

« Attends, dit-il. Andréino vient de trouver une lettre dans le portefeuille du défunt ; sachons au moins ce que celui-ci était et s'il ne possédait pas plus d'argent qu'il ne semble. Qui est-ce qui sait lire ici ? ajouta-t-il en élevant sa lanterne sourde dont le rayon blafard éclaira une feuille blanche que dépliait Andréino.

– Pas moi.

– Ni moi.

– Moi non plus.

– Diable ! et moi pas plus que vous, dit le colosse. Comment,

Andréino, tu ne peux pas nous tirer d'embarras ? Je te croyais plus érudit ?

– Moi foi, mon vieux, je sais un peu défricher l'imprimé, et encore l'italien, mais ce grimoire-là, je sens que c'est pour moi lettre morte.

– Bah ! fit un autre, ça ne nous servirait peut-être à rien, tout ça c'est des sentiments sans doute et pas autre chose. Ce qu'il y a de clair, c'est que ce satané bourgeois n'était pas cossu. Nous avons cru dépister un richissime seigneur et c'est nous qui sommes volés. Allons ! reste encore à tordre le cou à la pigeonne. Qui s'en charge ?

– Donne, dit le braconnier qui demeurait songeur. À présent que nous avons partagé l'argent, partageons-nous la tâche : moi je pars avec la mioche que j'arrangerai proprement là-bas dans quelque trou ; Andréino va prendre par la forêt avec le cheval et la voiture dont vous vous déferez bien à la ville ; je vous les abandonne ; vous vendrez l'un à la foire, et en repeignant l'autre nul n'y verra goutte ; vous autres, ajouta-t-il en désignant les deux Italiens qui semblaient l'écouter avec déférence, enfouissez-moi habilement ces corps dans la terre.

– Tu nous laisses le plus sale ouvrage, ripostèrent-ils, mécontents.

– Alors je réclame ma part entière du butin, et croyez-vous qu'Andréino ait la besogne la plus commode ? Il risque d'être rencontré ; si on lui demande d'où il vient avec sa rosse et sa voiture !...

– Va bene, va bene ! » firent les bandits qui se mirent aussitôt à creuser la fosse où devaient être ensevelis côte à côte le voyageur et le cocher.

Sous un arbre, étaient cachés les instruments nécessaires à leur travail, car les larrons avaient tout prévu, et ce ne devait être la première fois que pareil ouvrage leur passait entre les mains.

Pendant ce temps, Andréino disparut sous bois avec le butin, et Favier s'éloignait, prenant par la grande toute pour regagner sa misérable demeure ; il allait ainsi, trébuchant dans la nuit et serrant contre lui la petite fille qui s'était rendormie paisiblement.

Il réfléchissait.

« Si je la jette à la rivière, se disait-il, cela peut me compromettre, la rivière coule à deux pas de chez moi ; on retrouverait le petit corps et l'on pourrait reconnaître l'enfant du voyageur parti hier soir de l'auberge du Coq Bleu ; on ferait des recherches pour savoir ce qu'est devenu le père, et alors... bonsoir la sécurité. Tonnerre !... J'aurais dû laisser la moucheronne avec les autres ! D'un côté, cependant, j'ai empoché la lettre et ce n'est pas une mauvaise idée ; je prierai la vieille Manon de me la lire ; elle comprend l'écriture, et c'est la seule personne à laquelle je puisse me fier ; elle a des raisons pour ne pas me trahir. Donc j'apprendrai quelle est l'enfant, si elle n'a pas quelques parents riches, et, un peu plus tard, en faisant un peu de chantage, on pourrait gagner de l'argent avec ce moineau. Je combinerai un petit roman dans lequel je m'attribuerai un beau rôle, et... enfin je verrai ! »

L'homme eut un mauvais rire, berça maladroitement dans ses bras noueux la petite fille qui s'était réveillée et qui pleurait ; elle se rendormit bien vite et Favier continua sa toute dans cette nuit sinistre. Le ciel était uniformément gris et bas ; une grande tristesse semblait se dégager de toutes choses, et le vent de minuit s'éleva tout à coup.

Chapitre II

Le louveteau mort

Il connaissait le chemin, par cœur, sans doute, même dans la forêt où il pénétra après une heure et demie de marche et au centre de laquelle se trouvait son habitation.

Il l'atteignit enfin : C'était une cabane de planches, mal construite et à peine abritée du vent ; il en poussa la porte d'un coup de pied ; aussitôt on entendit une sorte de hurlement dans l'ombre et le bruit d'un souffle haletant.

« Paix donc ! louve du diable ! grommela le braconnier ; c'est ton maître, ne le sens-tu donc plus, maintenant ? »

Alors le hurlement se changea en un gémissement plaintif.

« Qu'est-ce qu'il y a donc, tonnerre !... » s'écria l'homme en frottant une allumette contre le bois graisseux d'une table.

Il fit de la lumière avec une chandelle de suif dont la lueur jaunâtre éclaira d'un reflet terne le misérable logis.

En effet, bien misérable ! le mobilier se composait d'un matelas de feuilles sèches servant de lit, et garni d'une couverture sordide ; d'une table maculée de taches et tailladée de coups de couteau ; d'une chaise boiteuse et dépaillée et d'un mauvais buffet contenant quelque peu de vaisselle ébréchée ; au mur pendaient, accrochées à un clou des hardes fripées.

L'homme se débarrassa de son fardeau qu'il déposa sur le lit de feuilles sèches ; aussitôt, dans l'obscurité, de dessous la table, rampa un long corps velu qui s'approcha de la petite fille, et une tête noire se dressa à côté de la tête dorée du pauvre baby. Le même renâclement, entendu à l'arrivée de Favier, se fit entendre de nouveau.

Le braconnier se retourna :

« Paix donc encore une fois ! Ah ! ah ! vous avez flairé du gibier, ma belle ? Ma foi ! si le cœur t'en dit, louve du diable, tu peux en faire ton souper. De fait, ce sera peut-être un débarras pour moi. »

L'animal qui se dressa alors sur ses quatre pattes était une louve gigantesque au poil noir et rude, à l'œil sanglant, aux dents aiguës et blanches.

Mais, au lieu de profiter de l'invitation de son maître, elle poussa de nouveau un gémissement et se mit à lécher doucement de sa langue rugueuse le petit visage rose couché sur le matelas.

L'enfant pleura, sans doute elle avait faim.

« Et ton louveteau, louve du diable ? reprit Favier en retirant du buffet un verre, une bouteille, du pain et du lard. »

La pauvre bête gémit plus fort ; l'homme se baissa et retira de dessous la table le corps raidi d'un petit loup de quelques semaines ; l'animal était mort ; ses yeux étaient vitrés, ses membres froids.

« Tiens, fit le colosse étonné, je comprends pourquoi tu nous fais cette mine, mais ne va pas, au moins, geindre toute la nuit, satanée bête, ça m'embêterait. »

Il prit le cadavre du louveteau qu'il alla jeter à une centaine de pas de la cabane dans un trou où s'amoncelaient des détritus de toutes sortes.

En rentrant il aperçut la mère allongée près du matelas, sa tête noire sur ses pattes velues ; il la considéra un instant, puis, comme frappé d'une idée subite :

« Tiens, dit-il, essayons ; ce serait drôle ! »

Et il plaça la petite fille tout contre la bête qu'elle se mit à téter avec vigueur.

La louve la laissait faire avec plaisir, et, la voyant à la fin rassasiée et rendormie, se tient immobile, la réchauffant de son souffle puissant.

Favier se rapprocha alors de la table où vacillait la flamme triste de la chandelle de suif, et il commença à manger.

Tout à coup, il s'aperçut que ses mains étaient rouges de sang.

« Tiens ! fit-il sans sourciller, du sang. »

Il se leva en sifflotant et alla se laver. Puis il s'installa commodément cette fois et acheva son repas ; il alluma ensuite sa pipe et compta l'or qu'il avait gagné dans sa soirée.

« Cachons cela, dit-il après l'avoir serré dans une bourse de cuir, et joignons-y la lettre trouvée sur la père de la mioche : je la porterai demain à la Manon qui la lira et je saurai à quoi m'en tenir sur la moucheronne. »

Titubant, le visage congestionné, le colosse alla vers le coin le plus reculé de la cabane et y fourragea quelques minutes dans l'ombre.

Puis il s'étendit sur le matelas, laissant l'innocente créature qu'il avait faite orpheline, paisiblement endormie entre les pattes de la louve ; la chandelle à bout de mèche s'éteignit et la nuit épaisse enveloppa le pauvre logis où l'on n'entendit plus que le bruit de trois respirations différentes : le souffle à peine perceptible de l'enfant, celui puissant et bruyant de la bête et enfin l'haleine entrecoupée de hoquets de l'ivrogne vautré sur la paille.

Chapitre III
Le coup de botte

« Nounou ! ici Nounou ! cria une voix rude. »

L'animal releva sa tête velue, coucha les oreilles en grondant et ne bougea pas.

« Moucheronne ! ici Moucheronne ! ici tout de suite ! »

Alors une petite masse confuse sortit de derrière la louve : c'était une fillette brune et maigre, au teint hâlé, aux cheveux en broussailles dont les boucles de jais retombaient jusque sur ses sourcils. Elle pouvait avoir sept ans ; son petit visage mince et bronzé exprimait une profonde terreur.

Mais aussitôt la bête que l'homme appelait Nounou vint se placer à côté d'elle et montra une rangée de dents aiguës et blanches, comme pour défendre l'enfant.

« Toi, va-t'en, fit le braconnier en lui allongeant un coup de pied. »

Docile, la louve recula en grondant toujours, mais sans s'éloigner de la petite fille qui posa sa main maigre et fluette sur le poil rude de son amie.

« Qu'as-tu fait hier ? » demanda l'homme.

L'enfant le regarda avec ses grands yeux noirs farouches.

« Ce que vous m'avez ordonné, répondit-elle brièvement.

– Et que t'avais-je ordonné ? parleras-tu, tonnerre du diable ! est-ce que je vais me souvenir de cela, brute que tu es ! » rugit la colosse en levant son énorme poing sur la frêle fillette.

Un nouveau grondement l'arrêta. Alors il ouvrit la porte de la cabane, et, montrant le chemin à la louve :

« En chasse, toi, il n'y a rien à souper. »

La louve obéit après avoir passé sa grande langue rose sur le petit bras nu de l'enfant.

Alors celle-ci frémit en se voyant face à face avec l'homme qui la meurtrissait de coups chaque jour, et privée de l'unique défenseur que le ciel lui eût accordé.

Comme pour adoucir le misérable qui la regardait avec colère et mépris elle s'empressa de dire :

« J'ai lavé le linge, nettoyé la vaisselle, balayé la maison, recousu le matelas, fait cuire la soupe, aidé Rose...

– Et tu t'es amusée ensuite, naturellement, fainéante, propre à rien.

– Je n'en ai pas eu le temps, murmura la petite fille.

– Je ne te crois pas, tu n'ouvres la bouche que pour dire des mensonges. »

L'enfant redressa sa taille exiguë, et indignée :

« Je ne mens jamais. »

L'homme se retourna :

« Te tairas-tu, tonnerre du diable ! Je crois, ma parole, que ça se permet de raisonner. Et que fais-tu là à me regarder avec tes grands yeux idiots.

– J'attends que vous me disiez ce que je dois faire.

– Ce que tu dois faire ? je te le dirai tout à l'heure ; pour le moment ôte-moi mes bottes ; je suis fatigué et elles sont toutes mouillées. Allons, tire. »

Le colosse se laissa tomber sur l'unique chaise du logis, qui craqua sous son poids, et l'air goguenard, la pipe aux dents et les bras croisés, tendit ses deux jambes à « la Moucheronne. »

La Moucheronne s'agenouilla sur le sol nu et se mit en devoir de tirer les bottes ; mais, quelques efforts qu'elle fît, elle ne put ; ses petits doigts n'avaient pas la vigueur nécessaire pour ce rude travail, ses ongles s'éraflaient sur le cuir maculé de boue et ses bras menus s'épuisaient.

Elle y mettait pourtant toute la bonne volonté possible ; la sueur ruisselait sur sa figure, collant ses cheveux aux tempes, et ses dents blanches s'enfonçaient dans sa lèvre rouge tandis que sa petite poitrine haletait.

« Je ne peux pas, murmura-t-elle timidement après quelques minutes d'essais infructueux.

– Ah ! tu ne peux pas ? Ôte-moi mes bottes», dit tranquillement l'homme sans enlever sa pipe de ses lèvres lippues.

La Moucheronne recommença, redoublant d'efforts, mais sans plus de succès.

« Je ne pourrai jamais ! » répéta-t-elle.

Pour toute réponse Favier, le colosse fort comme un taureau, lui lança un tel coup de pied dans l'estomac que la petite fille alla rouler à l'autre extrémité de la cabane ; le sang lui sortait de la bouche et sa tête porta si rudement contre le mur qu'à son front s'ouvrit une large fente. Elle demeura évanouie.

L'homme poussa un juron énergique, se leva, éloigna le petit corps du bout de sa botte, parce qu'il gênait son passage, et sortit sans refermer la porte.

Au dehors, il faisait clair et gai ; on était au printemps ; le soleil piquait de rayons d'or capricieux les ombrages touffus de la forêt ; le ruisseau babillait plus loin ; la mousse fraîche recouvrait le sol ; l'air était tiède et parfumé ; les oiseaux chantaient, les lièvres et les lapins s'ébattaient joyeusement dans la clairière.

Pendant une heure une paix délicieuse, toute faite d'harmonies et de parfums, enveloppa le bois ; puis, tout se tut comme par enchantement ; les jolies bêtes effarouchées disparurent en un clin d'œil, les oiseaux se cachèrent ; sur le velours foncé des gazons un énorme animal marchait sans bruit ; une ombre gigantesque interceptait par places les rayons du soleil ; c'était la louve qui rentrait, traînant après elle le fruit de sa chasse ou de sa maraude : une grosse lapine déjà morte et un mouton à demi égorgé.

Mais avant d'arriver à la cabane de Favier, elle huma l'air, poussa un sourd grondement, et, lâchant sa proie qui retomba sur le sol, elle se précipita dans le logis ouvert.

L'enfant y était toujours privée de sentiment. L'animal gémit douloureusement, s'approcha d'elle et lécha la plaie de son front.

Alors la Moucheronne ouvrit les yeux, de grands yeux pleins d'angoisse et de terreur, mais, apercevant la bête qui lui prodiguait les caresses et les soins, elle murmura faiblement :

« Nounou ! » Puis, sans se soucier du sang qui coulait sur son visage, elle passa ses petits bras autour du cou de la louve et pleura amèrement.

« Nounou, pauvre Nounou, répétait-elle, nous sommes bien malheureuses, du moins, pas toi, car il n'ose pas te battre, tu saurais te défendre ; mais moi, dès que tu n'es plus là, je suis rouée de coups, et maintenant j'ai bien mal là… et là ; fit-elle en portant la main à sa poitrine et à son front. »

La louve continuait à lécher tendrement l'enfant qu'elle aimait et qu'elle avait nourrie de son lait, paraissant écouter ces paroles naïves, et comme si elle les eût comprises et qu'elle eût pris une résolution soudaine, elle se leva et, s'arc-boutant sur ses quatre jambes, sembla attendre quelque chose.

Sans doute que la Moucheronne devina sa pensée, car elle se leva à son tour, mais avec peine, sa faiblesse étant extrême, et elle s'installa commodément sur le dos de l'intelligent animal.

Nounou qui était robuste et qui avait sans doute porté souvent l'enfant de cette manière, se mit en marche aussitôt pour traverser la forêt, allant doucement, car la petite blessée ne se soutenait qu'avec peine ; la brave bête s'arrêta un instant près du ruisseau et la pauvrette put y étancher sa soif ardente.

Après trois quarts d'heure de marche, environ, on put apercevoir le toit rustique d'une cabane semblable à celle de Favier ; lorsqu'elle y fut arrivée, la louve gratta à la porte qui s'ouvrit aussitôt.

Il était temps car la petite fille ne pouvait plus se tenir, même couchée sur le dos de la bête, et sa tête vacillait de gauche à droite et de droite à gauche comme si elle eût été près de défaillir de nouveau.

Celle qui parut alors sur le seuil du logis était une femme très vieille appuyée sur un bâton ; son front était couvert d'un bonnet de laine noire sans ornements, sa robe était pauvre et usée mais propre ; ses pieds chaussés de sabots ; son nez touchait presque son menton ; mais quoique son visage, traversé de mille rides entrecroisées, lui fît donner au moins quatre-vingts ans, ses yeux étaient vifs et perçants.

« Quoi ? C'est Nounou ! fit-elle sans paraître s'étonner de voir à sa porte cette bête de taille gigantesque ; et voilà une gentille enfant, ajouta-t-elle en avançant ses mains tremblantes vers la fillette. Mais, Dieu me pardonne, elle est malade, elle est blessée même. »

Et avec une vigueur qu'on n'aurait pas dû attendre de ce vieux corps recroquevillé, elle porta presque la petite fille qui n'avait plus conscience de rien, et, suivie de la louve, elle entra avec elle dans la cabane.

Là elle s'assit sur un escabeau et examina le front de la blessée.

« Une chute, murmura-t-elle, et encore, que sait-on ? C'est la Moucheronne, la petite à Favier ; déjà si grande ?... Est-il possible qu'il y ait huit ans que le braconnier m'a apporté la lettre... cette fameuse lettre que je n'ai pas pu lire parce que je ne lis que le français et qu'elle était écrite dans une langue inconnue ; l'anglais peut-être. Quel dommage ! je saurais au moins ce qu'est l'enfant et s'il n'y aurait pas moyen de la retirer à cet homme. Car, il n'y a pas à dire, ce Favier n'élève pas la petite sur des roses, je le connais... Qui sait si cette plaie béante n'est pas due à la brutalité du braconnier.

Voyons si elle ne serait pas blessée ailleurs. »

La vieille femme dégrafa le corsage ou plutôt le haillon qui servait de robe à la fillette, et découvrit un petit buste ravissant, taillé merveilleusement comme dans un morceau d'ivoire, mais sur la peau aux reflets bronzés se voyait çà et là la trace d'une meurtrissure, marques bleues provenant de coups anciens ou nouveaux ; et enfin sur la poitrine l'empreinte rouge d'un talon de botte demeurait toute fraîche imprimée.

« Oh ! le brutal, le monstre ! murmura la vieille femme indignée. »

Et des larmes montèrent à ses vieux yeux qui avaient pourtant beaucoup pleuré déjà, car c'est toujours chose infiniment triste qu'un être faible et sans défense soit maltraité et rudoyé par un autre être robuste et dominateur.

Manon déposa la fillette sur un lit maigre, mais certainement plus confortable que la paillasse de Favier, et alla chercher dans un buffet un flacon rempli d'une liqueur jaunâtre dont elle fit glisser quelques gouttes entre les dents serrées de la mignonne.

Cela fait, elle retira du bahut un paquet de toile coupée en bandes et un petit pot d'onguent dont elle enduisait le front troué qu'elle entoura ensuite d'un linge blanc.

L'enfant sembla ressentir aussitôt un inexprimable soulagement ; ses grands yeux noirs s'ouvrirent languissamment et rencontrèrent le visage laid mais bon de la vieille solitaire.

« Ne dis rien, mignonne, repose-toi, ce ne sera rien. »

Mais au lieu d'obéir, la fillette murmura faiblement :

« Qui êtes-vous ?

– Une amie.

– Qu'est-ce que c'est, une amie ? fit la Moucheronne étonnée.

– Quelqu'un qui t'aime et qui te veut du bien.

– Quelqu'un qui m'aime ? reprit l'enfant avec un sourire amer sur ses petites lèvres décolorées ; il n'y a que Nounou. »

Et, à ce souvenir, prise d'un vague effroi, elle souleva sa tête endolorie.

« Nounou ! Nounou ! Où est-elle ? »

À ce cri la louve bondit et vint poser son museau noir et pointu sur le bord de la couverture en regardant son ex-nourrissonne avec ses bons yeux d'animal fidèle.

« Paix, Nounou ! laisse-la en repos. Tu vois bien, petite, ajouta Manon en s'adressant à la malade, tu vois bien qu'elle n'est pas loin, ta Nounou.

« Quand on pense, ajouta-t-elle comme se parlant à elle-même, quand on pense que tous les petits ont un père, une mère ou un parent pour les dorloter ou les soigner, et que ce pauvre oiseau du bon Dieu n'a qu'une louve pour la protéger ! Car je ne compte pas Rose, la pauvre idiote du village que Favier prend à la journée pour donner les soins essentiels à l'enfant et faire le gros du ménage. Ça fait peine, oui ça fait peine, et si ce n'était que tout ce qui vient de là-haut est bien fait, on se demanderait ce que celle-ci est venue faire dans la vie. »

Pendant ce soliloque de la vieille femme, la fillette la regardait curieusement ; en fait d'êtres humains elle n'avait jamais vu que Favier et Rose l'idiote, car nulle autre créature qu'eux, la Moucheronne et la louve, ne franchissait le seuil du pauvre logis caché dans la forêt, et la Moucheronne ne s'en éloignait jamais ; Favier avec ses rapines et Nounou avec sa chasse approvisionnaient seuls le garde-manger ; Rose apportait le pain du village et préparait grossièrement les repas. Depuis qu'elle se sentait vivre, la fillette ne connaissait d'autres figures que la face bestiale du colosse, celle aussi méchante et plus bestiale encore de Rose, et le museau intelligent de la louve.

Quant à la sienne propre, elle l'avait à peine entrevue, fuyante, insaisissable, dans le cristal du ruisseau, lorsqu'une absence plus longue de Favier ou un de ses sommeils d'ivresse permettait à la pauvrette de jouer un instant sous bois.

Aussi sa surprise fut-elle grande en apercevant une femme très vieille, cassée, au menton branlant, à laquelle elle trouva une vague ressemblance avec Nounou ; et encore Nounou ne parlait pas, elle, mais la Moucheronne la comprenait, tandis que la femme parlait le même langage que ce méchant Favier et que Rose l'idiote.

« Écoute, lui dit Manon en caressant de ses mains ridées les petites mains brunes de l'enfant, c'est Favier qui t'a fait du mal, n'est-ce pas ?

– Favier ?

– Oui, l'homme chez qui tu vis.

– C'est lui, répondit la fillette avec une sorte de résignation farouche ; il m'en fait toujours, du mal.

– Toujours ?

– Oui, chaque jour il me frappe, excepté une fois, parce qu'il n'était pas rentré.

– Et tu supportes cela ? »

L'enfant la regarda, si étonnée, que Manon vit qu'elle ne comprenait pas sa question. En effet, comment un pauvre être chétif et misérable comme cette enfant de sept ans, pouvait-il résister à une brute sauvage comme Favier ?

« Pourquoi restes-tu chez lui ? reprit la vieille femme.

– Il le faut bien puisque je lui appartiens, répondit la Moucheronne, toujours avec cette passivité fatale de l'impuissance.

– Il ne t'a pas dit qu'il était ton père, au moins ? s'écria Manon.

– Un père, qu'est-ce que c'est ?

– Un père est, comme la mère, un défenseur que donne la nature ou plutôt Dieu qui vous crée ; c'est celui qui, après ce Créateur, vous donne la vie, le bien-être, vous protège, vous nourrit, vous aime.

– Le père, la mère ? fit l'enfant songeuse, c'est tout cela ? Alors c'est Nounou. »

Et sa petite main maigre toucha instinctivement la grosse tête de la louve.

« C'est plus que Nounou encore, reprit Manon, parce que Nounou n'est qu'une bête et que le père est un homme, la mère une femme, un être comme toi, non seulement fait de chair et d'os mais possédant encore une âme, une intelligence et la parole. »

La petite fille roula sa tête brune avec fatigue sur l'oreiller.

« Je ne vous comprends pas, dit-elle lassée, je ne connais au monde que Nounou qui soit pour moi ce que vous dites. Mais, reprit-elle aussitôt, qui donc m'a amenée ici ? J'ai eu si mal que je ne me souviens plus.

– C'est ton amie la louve.

Chapitre III

– Et où suis-je ?

– Toujours dans la forêt mais loin de chez toi.

– Loin de chez le maître, voulez-vous dire. Ah ! que va-t-il faire lorsqu'il rentrera et que le feu ne sera pas allumé et la soupe pas prête ? Rose me laisse tout faire.

– Il fera ce qu'il voudra ; il t'a à moitié assommée, moi je veux te soigner et je te garde, voilà tout.

– Mon Dieu ! fit la fillette avec un soupir de bien-être, il me tuera après s'il le veut, mais je suis si bien ici ! »

Elle considéra de nouveau Manon et dit tout à coup :

« Vous êtes bonne, très bonne, presque aussi bonne que Nounou ; vous lui ressemblez. »

Pour elle, la louve représentait l'idéal de la bonté et du dévouement ; Manon ne parut point froissée de la comparaison et un sourire desserra ses lèvres parcheminées.

« À présent, dit-elle en arrangeant la couverture du lit, il faut dormir, petite, et ne t'inquiéter de rien ; nous veillons sur roi, Nounou et moi. »

Elle mit un baiser sur le front de l'enfant qui, avant de s'endormir, se demanda toute pensive, d'où venait que ce simple geste lui faisait si grand bien au cœur.

Nounou aussi l'embrassait, mais, à sa manière, d'un coup de sa grande langue rugueuse, et ce n'était plus comme cela.

Est-ce qu'elle aurait vraiment deux amies à présent ? Oh ! comme ce serait bon, alors, et combien peu lui importeraient désormais les coups et les injures du braconnier si elle se sentait aimée et soutenue d'autre part ?

Chapitre IV
Pourquoi l'a-t-il laissée vivre ?

La Moucheronne ne se réveilla que le lendemain matin de bonne heure ; la rosée humide pendait encore aux feuilles des arbres et perlait aux brins de gazon ; les oiseaux gazouillaient leur prière ; les écureuils faisaient leur toilette ; le ciel était bleu teinté de rose et le soleil jetait son premier rayon de chaleur sur la nature rafraîchie et reposée.

La Moucheronne ouvrit les yeux, elle ne se sentait plus de mal, rien que de l'engourdissement dans la tête et à la poitrine avec un peu de moiteur à la peau.

Elle avait si bien dormi dans ce lit qui avait été pour elle le moelleux d'un nid de plumes au lieu du varech séché de Favier ; elle y avait eu bien chaud et y avait fait de beaux rêves ; à son réveil, elle n'avait pas entendu la voix rude du colosse lui crier : « À l'ouvrage, donc, fainéante ! Est-ce que tu vas te reposer toute la matinée, maintenant ? »

Cette cabane, elle ne la connaissait pas ; certes, c'était une pauvre masure, mais elle lui fit l'effet d'un palais ; l'air ne s'y glissait pas sous les solives recouvertes de chaume ; une bonne odeur d'herbes médicinales remplaçait l'odeur fade et écœurante de l'eau-de-vie et du tabac dont Favier saturait son taudis ; le long du mur s'alignait la vaisselle, pauvre mais bien reluisante, formant tout l'avoir de Manon.

Manon, elle, dormait dans un vieux fauteuil de cuir, la tête renversée au dossier, un chapelet de bois entre ses doigts ridés.

La Moucheronne se demanda ce qu'était cette espèce de collier de perles noires qu'égrenait la vieille femme en s'assoupissant.

Enfin, accroupie à ses pieds et ne dormant que d'un œil, Nounou reposait sa grosse tête noire sur ses longues pattes velues.

Ce tableau plein de paix et de tranquillité, quoique dépourvu de luxe et même de bien-être, apparut à la fillette comme l'image de la félicité parfaite, et elle se mit à songer en attendant le réveil de ses deux gardiennes ; ce réveil ne tarda pas. Nounou s'étira et vint souhaiter le bonjour à son ancienne nourrissonne.

Manon ouvrit les yeux à son tour et s'approcha du lit où elle donna à la petite malade le baiser du matin, puis, elle disparut dans un réduit attenant à la maisonnette ; on entendit bêler une chèvre, ce qui fit dresser l'oreille à Nounou ; mais, en louve bien élevée, elle comprit que la chèvre de la mère Manon n'était pas une proie pour elle et demeura paisible, auprès de sa petite amie.

Bientôt la vieille femme reparut tenant à la main un bol de lait crémeux et nourrissant que la Moucheronne but avidement. Depuis longtemps elle n'avait rien goûté d'aussi bon.

« Je ne puis te nourrir toi, pauvre bête, dit Manon à la louve dont elle caressa le poil rude. »

Mais l'excellent animal savait se plier aux exigences de la situation, et d'ailleurs ses pareils peuvent supporter un long jeûne sans trop en souffrir.

Vers onze heures, la petite fille, quoique faible encore, put se lever et se promener un peu autour de la cabane avec ses deux amies. Manon la fit causer et s'étonna de son ignorance profonde qu'expliquait cependant le genre de vie que menait l'enfant depuis six années.

De Dieu, de la famille, de l'existence, la Moucheronne n'avait aucune idée ; par exemple, elle connaissait à fond et par expérience le froid, la faim, les privations et les mauvais traitements, toutes souffrances rares heureusement dans un âge aussi tendre.

Ce qu'elle connaissait bien aussi, et c'étaient là ses seules consolations avec la tendresse fidèle de Nounou, c'était la nature avec ses grâces rayonnantes, la forêt avec ses enchantements ; les nuits d'été avec leurs beautés sereines, la neige de l'hiver avec ses tristesses mornes mais splendides aussi ; puis, les humbles habitants du bois : les insectes dorés, les lapereaux peureux, les oiseaux chanteurs, les rossignols aux suaves mélodies, les scarabées, les papillons aux ailes bleues, les phalènes du soir, les vers-luisants ; elle distinguait déjà chaque arbre de la forêt, les troncs moussus, les rameaux desséchés ou les branches jeunes et pleines de sève ; enfin le ruisseau babillard où la lune allait boire et se baigner, et où elle, la Moucheronne, emplissait une cruche trop lourde pour ses bras débiles, Rose devenant de plus en plus nulle. Et puis, elle connaissait le travail, non le travail intelligent qui élève l'âme de l'enfant en lui découvrant peu à peu les choses de cette vie et de l'autre, qui meuble sa mémoire souple et lui enseigne à discerner le bien du mal, le beau du laid, le vrai du faux ; mais le dur labeur de chaque jour qui essouffle les poumons, rompt les os des épaules et des bras, meurtrit les petits pieds nus et mouille le front de sueur.

Elle ne connaissait que celui-ci, et encore l'accomplissait-elle par habitude, machinalement, comme ces animaux des cirques auxquels on enseigne des tours adroits à force de coups.

Quelques efforts qu'elle fît, quelque patience qu'elle montrât, quelque zèle qu'elle manifestât, jamais on ne l'encourageait par une bonne parole, un sourire, un merci. Des coups, des injures, et toujours des injures et des coups, cela ne variait pas. Depuis qu'elle se souvenait avoir mis sa main de bébé au travail.

Mais aujourd'hui, pour la première fois, elle trouvait du plaisir à se laisser vivre ; l'air était si tiède et embaumé, le soleil si gai, les deux êtres qui l'entouraient si bons !

Elle n'avait pas été battue et se demandait avec anxiété si elle ne faisait pas un rêve trop beau, comme les rêves de ses courtes nuits, car Dieu qui est bon père, lui donnait dans le sommeil ce que la réalité lui refusait ; elle se demandait si Favier, avec sa grosse voix brutale et son poing si lourd, n'allait pas interrompre brusquement ce doux songe.

Mais non, et la journée s'écoula trop vite au gré de la fillette qui, avec sa grâce touchante et naïve, avait conquis le cœur de Manon ; Manon qui se disait en la voyant aller et venir, svelte et jolie comme une statuette de bronze, sous l'ombre fraîche des grands arbres :

« Cette petite n'est assurément pas une enfant du peuple, mais qu'est-elle, et qui sait si, dans quelque coin du monde, sa mère ne la pleure pas amèrement ? »

La nuit se passa encore pour la Moucheronne dans un enchantement profond ; seulement elle obligea sa vieille bienfaitrice à reprendre son lit et se fit toute petite pour n'occuper qu'une place étroite de la mince couchette.

Le lendemain, vers midi, comme l'enfant jouait avec Nounou, couchées ensemble au soleil sous les yeux de Manon qui triait ses herbes, un pas pesant retentit sous bois, et la louve se leva soudain en grondant, tandis que la petite fille s'enfuyait en poussant un cri de détresse.

Ce pas était le pas de Favier, et le colosse apparaissait maintenant ; son visage féroce et couvert de poils d'un roux sale, frémissait d'une colère terrible.

« Ah ! ah ! cria-t-il en apercevant la fillette qui se réfugiait toute tremblante vers la vieille Manon, ah ! ah ! ne faut-il pas à présent que je vienne relancer jusqu'ici cette fainéante ? Approche, vaurienne, approche, gueuse ! Viens ici que je te fasse sentir...

– Favier !... ne la frappez pas ! vous entendez ? s'écria Manon en arrêtant le bras menaçant levé sur la fillette.

– Arrière ! sorcière du diable ! fit l'ivrogne exaspéré par cette résistance ; je veux la Moucheronne ; je suis bien libre de la battre, j'espère ? »

L'enfant recula vers le mur, pâle et frissonnante.

« Favier ! reprit Manon d'une voix plus haute, car l'indignation doublait ses forces ! Favier, écoutez-moi : Cette petite m'est arrivée avant-hier dans un état que je l'ai crue prête à mourir ; c'est vous, malheureux, qui l'aviez arrangée ainsi. La louve me l'a amenée et je l'ai pansée et soignée de mon mieux, la pauvre âme, mais ce n'était point chose facile, car vous n'y allez pas de main morte, Favier.

– Et s'il me plaît de frapper cette vermine, répéta le braconnier avec son rire hideux, elle est bien à moi, je suppose.

– Non, elle n'est pas à vous, répondit la vieille femme avec force, et vous n'avez pas le droit d'en faire une martyre comme vous le faites, après avoir assass...

– Manon ! sorcière de l'enfer !... hurla Favier en saisissant les poignets débiles de la pauvre octogénaire avec une telle brutalité, que la marque de ses doigts demeura imprimée en rouge sur la parcheminée ; si tu dis encore un seul mot, si tu t'occupes de cette satanée Moucheronne, je dénonce ton fils. »

À cette menace, pleine de sous-entendus, le visage de Manon prit une teinte livide et sa tête retomba sur sa poitrine ; elle était vaincue.

Favier desserra son étreinte.

« Après tout, dit-il en reprenant son ton goguenard, la Moucheronne est bel et bien à moi puisque c'est moi qui lui ai sauvé la vie.

– Vous lui avez sauvé la vie ?... »

Manon prononça ces mots d'une voix amère et la fillette releva les yeux avec étonnement sur le braconnier.

« Tiens ! reprit l'homme avec son mauvais rire, je pouvais lui tordre le cou et l'envoyer rejoindre son... enfin... en faire ce que voulaient les camarades.

– Ah ! oui, vous l'avez laissée vivre quand vous pouviez la tuer, mais c'était par calcul et non par pitié ; vous vous attribuez les droits d'un maître ; l'enfant vous est utile pour tenir votre ménage, pour vous servir et recevoir vos coups quand vous avez besoin de décharger votre colère sur quelqu'un ; vous en faites votre esclave, votre souffre-douleur, votre chien et...

– Manon ! cria le braconnier avec un geste terrible. »

La vieille femme se tut.

Alors la Moucheronne, se glissant derrière elle, murmura doucement à son oreille :

« Gardez-moi.

– Je ne le puis, pauvre ange du bon Dieu, répliqua la bonne créature en se retournant. »

Et deux larmes coururent dans les sillons creusés par les rides, peut-être par les pleurs.

La petite fille courba la tête à son tour, mais elle eut la force de ne pas pleurer.

« Suis-moi », grogna Favier en brandissant au-dessus de ses frêles épaules son énorme bâton noueux.

Mais il se sentit aussitôt saisir fortement par sa blouse ; il se retourna, une malédiction aux lèvres, croyant, que c'était encore la mère Manon qui se plaçait entre lui et sa victime ; il rencontra l'échine maigre, les crocs aigus et les yeux ardents de la louve, et il ne frappa point.

Tous les trois reprirent le chemin de la cabane, laissant la mère Manon seule et triste chez elle.

L'homme marchait à grandes enjambées en sifflotant une chanson obscène entre ses dents ; la louve suivait, l'oreille basse, comme fâchée de rentrer au logis, et l'enfant trottinait aussi vite que le permettait la petitesse de ses pieds, en retournant cette pensée dans son cerveau fatigué :

« Pourquoi donc m'a-t-il laissée vivre puisqu'il ne m'aime pas ? Il valait bien mieux me laisser dans la mort. »

Chapitre IV

Chapitre V
Les rêves de la Moucheronne

De ce jour-là, le petit esprit neuf et inculte de la fillette se mit à travailler : ses mains et son corps seuls se livrèrent aux dures occupations quotidiennes ; elle remplissait machinalement son devoir et son esprit trottait au loin.

Quelles réflexions s'agitaient dans cette petite tête ? Dieu seul pouvait le savoir avec Nounou qui recevait les confidences de l'enfant.

Lorsque vint l'été, avec ses journées brûlantes et ses nuits splendides, Favier s'absenta davantage et son souffre-douleur eut quelque répit. Rose demeurait à présent au village.

En dehors de la forêt, c'était une fournaise de soleil que fuyaient les hommes et les bêtes ; au dedans, c'était l'ombre et la fraîcheur délicieuse.

La Moucheronne rêvait souvent aux paroles de Manon ; sans le savoir, la vieille femme avait éveillé, dans les recoins obscurs de ce jeune esprit, bien des choses qui y sommeillaient.

Cette petite fille de sept ans à peine qui avait passé sa vie entre un homme silencieux et farouche, une servante imbécile et une louve, était d'une ignorance absolue ; seulement Dieu l'avait créée intelligente et réfléchie ; déjà elle commençait à se demander le pourquoi de ce qui est. Manon lui avait parlé du père et la mère, de leurs soins, de leur sollicitude pour leurs enfants, et la Moucheronne étudia la famille sur les animaux ; elle observa les oiseaux et vit, à la saison des nids, comment la femelle couvait ses petits avec amour, comment le père les nourrissait avec vigilance.

Elle vit les jeunes lapins folâtrer dans l'herbe tendre autour de leurs parents ; elle chercha à comprendre la nature entière, jusqu'à la poussée des plantes les plus infimes ; et elle apprit beaucoup de belles choses qui échappent à de plus savants.

« Favier n'a jamais eu d'enfants, se dit-elle un jour, après une de ses longues rêveries ; Rose non plus ; Manon et Nounou en ont eu, je suis sûre. Et moi, ai-je un père et une mère ? Qui sait ? peut-être ! Alors comment suis-je en la possession de ce méchant homme ?

On n'achète pas les petits enfants comme on achète les objets nécessaires à la vie. Sans doute que mes parents ont péri comme la famille de chardonnerets dont le dernier orage a détruit le nid, et j'aurai échappé à la mort comme le petit oiseau presque sans plumes encore que j'ai nourri quelques jours. »

Il y avait des noms d'animaux qu'elle ignorait absolument, d'autres qu'elle connaissait pour les avoir entendu prononcer par Favier ; sa mémoire fraîche retenait tout sans peine.

Elle se demandait aussi qui allumait là-haut, dans l'azur foncé de la nuit, ces étoiles d'or dont la lueur ruisselait entre le feuillage.

Souvent, voulant faire partager son admiration à Nounou, elle lui levait le museau vers le ciel pour lui faire goûter les beautés du firmament, mais l'animal était blasé sans doute sur cet éblouissant spectacle, car il se contentait de lécher la main de la fillette et se remettait à ronger un os ou à somnoler sur le seuil de la cabane.

Une fois encore la Moucheronne tenta de suivre la louve chez la mère Manon.

« Reviens chaque fois que tu le pourras, lui avait dit la vieille femme. »

Mais Favier s'en était aperçu, et après une dure correction, il cria à la fillette :

« Et à présent souviens-toi que si tu remets les pieds chez cette sorcière, ça ne sera pas seulement toi que je punirai, mais elle. Je divulguerai un secret qui la touche et qui lui fera plus de mal qu'une volée de coups de poing. »

Et la Moucheronne, qui ne voulait porter aucun préjudice à sa vieille amie, s'abstint désormais d'aller chez Manon.

La louve seule s'y rendait quelquefois ; en la voyant venir, Manon comprenait que l'enfant était toujours là-bas et qu'elle lui gardait un souvenir ; elle ne cherchait pas non plus à la voir de peur d'attirer sur l'innocente créature la colère de son maître.

La forêt était grande et profonde ; elle appartenait à un riche marquis des environs qui apparaissait dans le pays à peine une fois en trois ou quatre ans ; non pour y faire une coupe de bois, car il voulait laisser à ses domaines toute leur beauté et n'avait pas besoin d'argent, mais pour y chasser à grand fracas avec les amis dont à ce

Chapitre V

moment il peuplait son château.

Comme il était bon prince et fort insouciant, il fermait les oreilles lorsque son garde lui rapportait les méfaits de certain braconnier des plus mal famés.

« Bah ! répondit-il en riant, j'ai du gibier de reste et pour quelques lièvres qu'on occira sur mes terres, je ne mourrai pas de faim. »

Et le garde n'osait dresser procès-verbal à ce colosse sauvage nommé Favier qui menaçait de son arme ceux qui le regardaient de travers ; on avait peur de lui.

De plus, il feignait d'ignorer l'existence de la mère Manon : La vieille femme l'avait un jour guéri d'une blessure avec son merveilleux onguent, et ce n'est pas elle qu'il eût fait déloger du bois où elle avait élu domicile.

Enfin disons que ce serviteur, du débonnaire marquis, était fort paresseux, et, sachant qu'il avait affaire à un maître peu exigeant et presque toujours absent, il passait sa vie à fumer et à pêcher à la ligne, innocentes occupations qui laissaient toute liberté aux habitants de la forêt.

Favier, lui, pouvait avoir de bons motifs pour fuir le voisinage des villes, car il était haï et redouté à plusieurs lieues à la ronde ; d'ailleurs cette vie solitaire convenait parfaitement au vagabond qui n'aimait que les rapines et les expéditions semblables à celle que nous avons dépeinte au commencement de cette histoire.

Lorsqu'il s'absentait, c'était pour un travail de ce genre ; voilà pourquoi à son retour, – qu'il eût réussi ou non, – il battait la Moucheronne, se grisait d'eau-de-vie, et enfouissait de l'or au fond de son taudis.

Mais Manon, la pauvre vieille, ne devait pas avoir les mêmes motifs pour vivre ainsi séparée du reste des hommes.

Certes, elle n'avait jamais fait de mal à une mouche ; c'était autrefois une belle et honnête fille qui avait épousé un peu à l'étourdi, un mauvais ouvrier de la ville. Cet homme, après lui avoir mangé tout son petit avoir, était mort, lui laissant un fils dont elle espéra tirer toute sa consolation ; mais le jeune garçon avait trop du sang paternel : il devint bien vite joueur et débauché. Un jour, et cela fit grand bruit dans le pays, les gendarmes vinrent l'arrêter ; il fut condamné à vingt ans de travaux forcés ; il avait alors quarante ans ; mais il ne fit que la moitié de sa peine, car il parvint à s'échapper ; et il vivait maintenant on ne savait trop où ni comment.

Deux personnes cependant le savaient : sa mère et Favier ; voilà pourquoi ce dernier menaçait souvent la pauvre vieille femme de découvrir à la police la retraite du forçat en rupture de ban.

Manon était venue enfouir sa honte et sa douleur au fond de la forêt.

Quant à la louve, il y avait longtemps qu'elle et Favier avaient lié connaissance. Un matin, le braconnier allait faire feu sur elle lorsqu'il s'aperçut qu'elle était déjà fort malade : alors il s'abstint de la tuer, non par pitié, mais par une bizarrerie de sa nature mauvaise ; il amena la bête chez lui, ne la soigna pas et la garda lorsqu'elle guérit toute seule, comme cela arrive presque toujours pour les animaux. Il lui plaisait à lui, l'homme des bois et du meurtre, de se voir suivi par cette bête énorme à l'œil sanglant, au poil hérissé ; cela lui donna du relief à ses propres yeux et à ceux de ses compagnons de rapines.

Ainsi, la Moucheronne n'avait jamais vu d'autres êtres humains que Favier, Rose et Manon. Si le garde faisait par caprice une tournée dans les domaines du marquis, il ne s'aventurait pas dans les parages de Favier ; si quelque touriste attiré par la beauté de ces lieux passait à travers les allées touffues, il ne venait jamais jusqu'au cœur même de la forêt.

Enfin, un jour la Moucheronne avait bien entendu une musique lointaine et étrange faite de sons de cors et mêlée d'aboiements de chiens, ce qui avait fait gronder Nounou ; mais tout ce bruit s'était dissipé très promptement.

Ce jour-là, le châtelain donnait en effet une fête, mais on n'avait pas sonné l'hallali, et les habits rouges des piqueurs ne s'étaient pas montrés entre les troncs moussus ; un accident avait interrompu la chasse dès le début ; et depuis, le marquis n'avait plus reparu au pays.

Chapitre V

Chapitre VI

Un compagnon

Ainsi vivait la Moucheronne. À l'âge où le plus pauvre des enfants a des jouets, des friandises et surtout les caresses et les baisers de ses parents, elle n'avait ni une joie, ni une consolation, ni un ami.

Comme ils devraient apprécier leur félicité ceux qui sont pourvus de tout ce qui lui manquait, ceux qui ont la vie douce, des frères et sœurs aimants, une instruction facilement acquise, des jeux de toutes sortes !

Mais nous nous habituons si vite aux douceurs de l'existence que nous n'apprécions guère ses dons que lorsque nous les perdons.

Combien de jeunes garçons et de fillettes, comblés de présents, déjà blasés, s'en détournent après y avoir jeté un coup d'œil languissant et indifférent, en disant :

« J'en ai déjà tant ! »

Oserons-nous ajouter qu'il y a des enfants dont les armoires regorgent des jouets les plus nouveaux et les plus amusants, qui refuseront d'en donner les plus vieux et les plus abîmés pour de pauvres petits qui n'ont peut-être jamais possédé une poupée ou une toupie ?

Hélas ! cela se voit, plus souvent sans doute qu'on ne le croie.

Mais revenons à la Moucheronne qui, elle aussi, eut cependant une joie, une courte joie. Ce furent au moins quelques jours plus roses volés à la somme si lourde de ses jours noirs.

Ce plaisir, qui paraîtrait infime à beaucoup, consistait en un petit chat, un tout petit chat que Nounou, après une nuit de maraude, rapporta dans sa gueule. Elle l'avait peut-être trouvé aux abords du village où elle s'aventurait parfois. Comment ne l'avait-elle pas croqué, elle qui n'en eût fait qu'une bouchée ? On ne sait ; par un caprice bizarre ou bien parce qu'elle était suffisamment rassasiée. Peut-être aussi avait-on voulu noyer le pauvre petit que Nounou avait repêché dans le ruisseau sans lui faire de mal.

Ce fut ainsi que la Moucheronne le rencontra dans le bois, comme la louve revenait avec son étrange chasse en guise de gibier.

Grand fut l'étonnement de la Moucheronne : Elle aimait d'instinct les animaux ; d'abord Nounou sa nourrice et sa compagne, puis les insectes, les oiseaux et les lapins de la forêt qu'elle délivrait toujours, au risque d'être battue, lorsqu'ils s'étaient pris ou englués aux pièges semés par Favier. Si celui-ci s'en apercevait, il châtiait rigoureusement la coupable que rien ne pouvait guérir de sa charitable manie.

La Moucheronne n'eût fait de mal pas même au hideux crapaud qui venait sauter dans les herbes au bord du ruisseau, pas plus qu'au lézard frileux qui venait boire le soleil ou à l'araignée velue tissant sa toile sous le toit de la masure.

Donc, ce jour-là, par bonheur, la fillette demeurée seule à la maison, venait s'installer dehors pour raccommoder ses pauvres vêtements qui tombaient en loques, lorsqu'elle s'arrêta soudain en apercevant la louve et son fardeau.

« Qu'est-ce que cela ? » se demanda l'enfant qui n'avait encore jamais vu d'animal de cette espèce.

Mais, dans son étonnement, elle n'éprouvait aucune crainte ; elle avait peur des hommes, de Favier, jamais des bêtes.

Elle étendit la main, et Nounou se laissa prendre le minet qui, terrifié, tremblait de tous ses membres mignons.

« Comme c'est joli ! s'écria la Moucheronne en passant les doigts sur la fourrure soyeuse et douce ; des yeux bleus, un petit nez rose, et des dents toutes petites, oh ! si petites, surtout à côté de celles de Nounou. Serait-ce une espèce particulière de lapin ? non cependant, ça n'est pas conformé de même ; ce n'est ni le poil, ni la queue ni la tête. Ça n'est pas méchant, cette petite bête, mais comme elle a peur, mon Dieu ! comme elle a peur ! »

En effet, le petit chat, tout épouvanté par la présence de la louve, se blottissait, frémissant, dans les bras de la fillette.

Nounou, cependant, ne paraissait pas se préoccuper beaucoup de sa trouvaille ; elle s'était étendue sur la mousse, comme une bête absolument éreintée, qui a eu beaucoup à faire.

Peu à peu, sous les caresses de l'enfant, le minet se rassura et s'endormit, pelotonné sur ses genoux.

Dans la crainte de l'éveiller ou de l'effrayer, la Moucheronne n'osait faire un mouvement et elle demeura ainsi longtemps, se demandant, songeuse, si son nouvel ami allait rester avec elle, ou se sauver dans les bois dès qu'il se verrait libre ; elle se demandait aussi de quelle manière elle le déroberait aux regards de Favier, car Favier était aussi brutal avec les animaux qu'avec elle.

Lorsque la nuit tomba, enveloppant la forêt tout entière d'un voile sombre, Nounou secouant sa paresse retourna à la maraude ; la Moucheronne, l'oreille toujours au guet dans la crainte que Favier n'apparût soudain, rentra dans la cabane, alluma la chandelle, prépara sur la table du pain, du vin et de la viande froide pour l'heure où le maître rentrerait, et, comme ils ne soupaient jamais ensemble, elle se coupa à elle-même un morceau de pain et de viande.

« Et lui ? » pensa-t-elle en voyant le petit chat qui miaulait en dilatant ses narines pour humer l'air.

Dans son ignorance, elle alla cueillir un peu d'herbe fraîche et parfumée qu'elle offrit à son nouvel ami ; mais celui-ci, après l'avoir flairée, fit le gros dos et s'éloignant, trouva sur son chemin le repas de la Moucheronne : il n'attendit aucune permission pour mordiller le pain et surtout la viande.

« Ah ! c'est cela que tu manges ? dit la fillette, tant mieux, nous partagerons notre nourriture. »

Ainsi eut lieu leur premier dîner en tête à tête. La Moucheronne fut d'abord très intriguée du bruit singulier qui se produisait dans le gosier de son petit compagnon, mais elle finit par comprendre que c'était un signe de satisfaction et elle en conclut que la jolie bête ne se trouvait pas trop malheureuse de son changement de vie. Lorsque tout fut dévoré par eux deux, jusqu'à la dernière miette, le chat témoigna sa joie par mille cabrioles et câlineries qui amusèrent la fillette.

Cette enfant qui ignorait le rire et même le sourire, eut un instant de gaieté véritable, et les pauvres murs de la masure durent s'étonner prodigieusement des éclats jeunes et frais qu'ils recueillirent ce soir-là pour la première fois.

Inquiète, cependant, elle finit par blottir le mignon dans sa propre couche, et par la porte entrouverte, elle guettait le retour de Favier ; la lune répandait sa lueur argentée sur le gazon ; on y voyait clair au-dehors.

Ce fut Nounou qui revint la première, la gueule sanglante, les pattes humides ; elle avait copieusement soupé dans le bois, plus copieusement sans doute que sa nourrissonne.

« Je t'attendais, lui dit celle-ci en caressant son échine souple, j'ai quelque chose à te demander, Nounou.

« Tu vois cette petite bête qui dort là et que je te dois, ce pourquoi je te remercie, Nounou ! Eh bien, je l'aime beaucoup ; n'en sois pas jalouse au moins ; tu sais trop que je t'aime par-dessus tout toi, mais elle est petite, faible et mignonne, toi tu es forte et grande, c'est à toi qu'il appartient de la protéger et de la défendre. N'y touche jamais dans l'intention de lui nuire, n'est-ce pas ? je t'en supplie », ajouta la Moucheronne en penchant sa tête brune avec prière jusqu'à la grosse tête noire de la louve.

Nous ne savons si celle-ci comprit le discours ; toujours est-il qu'elle respecta le petit chat tout le temps qu'il vécut ; seulement, tandis que la fillette parlait, elle conservait son air goguenard qui, sans doute voulait dire :

« Certes, je ne toucherai pas ton petit ami, mais il y en a un autre qui se gênera moins s'il le découvre et qui y touchera avant moi.

– Nous le cacherons aux yeux de Favier, reprit la Moucheronne qui, ce soir-là n'avait pas sommeil et était très excitée ; et ce ne sera pas très difficile, car nous sommes dans la belle saison, et le maître s'absente plus souvent. Ensuite, il faut chercher un nom pour notre nouveau compagnon... Mon Dieu ! c'est que je n'en connais pas ! Tiens, appelons-le à peu près comme moi : Moucheron ; il est petit et l'on m'a nommée Moucheronne parce que je suis fluette et menue. »

Peu après Favier rentra, ivre naturellement ; il ne toucha pas au repas préparé par les soins de la Moucheronne, et se coucha ou plutôt roula comme une masse sur sa paillasse, endormi d'un sommeil si lourd que douze chats comme Moucheron eussent pu miauler ensemble toute la nuit sans qu'il s'en aperçût.

Dès que l'oreille fine de la Moucheronne entendit le ronflement sonore de l'ivrogne, un soupir de soulagement souleva sa poitrine, et elle s'étendit à son tour sur son lit de paille auprès du minet.

Si elle avait su prier, elle aurait remercié le ciel de la consolation qui lui était échue en cette journée ; mais elle ignorait de qui lui venait cette faveur et si, en son cœur, elle était reconnaissante, c'était envers Nounou qui en était l'auteur.

Chapitre VII
Pauvre Moucheron !

Favier dormit longtemps, ce qui permit à la Moucheronne d'aller de bonne heure déposer son ami dans une sorte de cavité pratiquée naturellement dans un monceau de roches, assez éloigné de la maison pour que les miaulements du prisonnier ne pussent être entendus du braconnier.

Cette caverne en miniature était cependant assez vaste pour permettre au petit chat d'y gambader à l'aise.

Favier retourna à ses affaires après avoir englouti le repas qu'il n'avait pas touché la veille, affilé son couteau, dressé des pièges pour les lapins et les oiseaux et battu la Moucheronne qui, d'après lui, ne travaillait pas assez vite.

Libre enfin, celle-ci courut délivrer son captif qui la bouda quelques minutes, puis recouvra sa bonne humeur en déjeunant et en jouant dans l'herbe encore humide de rosée, dans laquelle il avançait en secouant ses pattes de velours d'un air offusqué.

Au bout de quelques jours, il savait accourir à l'appel de sa maîtresse, et se familiarisa tellement avec Nounou qu'il lui arrivait souvent de dormir entre les pattes énormes de la louve, de préférence à la rude paillasse de la Moucheronne.

Favier ne l'avait pas aperçu encore, tant la fillette prenait soin d'enfermer le lutin à l'heure où le braconnier rentrait ordinairement, ou sortait le matin.

Dans la journée, si elle était délivrée de la présence de son bourreau, elle travaillait au milieu des parfums de l'air et des rayons du soleil, s'arrêtant souvent pour suivre des yeux, charmée, les jeux espiègles du petit chat qui poursuivait un insecte, faisait voler une feuille desséchée ou grimpait lestement aux arbres.

Elle trouvait adorable tout ce qu'il faisait. Réellement, l'animal était joli, gracieux et câlin, lorsqu'il avait bien joué, éreinté, feignant de n'en plus pouvoir pour se faire caresser, il venait s'étendre sans façon sur les genoux de la Moucheronne avec un ronron formidable, et, les yeux à demi-clos, il sommeillait ou se reposait pour bondir aussitôt qu'un souffle d'air jetait sur le sol une branchette morte, ou que le fil de sa petite maîtresse s'enroulait à sa moustache mignonne.

D'autres fois, l'enfant et ses deux amis se promenaient ensemble dans les profondeurs des allées sombres, et la Moucheronne se disait que jamais encore la vie ne lui avait été si clémente, et que l'hiver ne lui paraîtrait plus aussi rude tant qu'elle aurait auprès d'elle ce gai compagnon.

Et cependant, elle connaissait la grande désolation de la forêt pendant la froide saison ; mais elle ne songeait qu'aux longues soirées passées entre Nounou et le petit chat, jouant tous les trois quand Favier dormirait après avoir bu.

Elle causait avec la folâtre petite bête comme avec Nounou, croyant naïvement qu'elles la comprenaient l'une et l'autre et leur racontant ses pensées.

Elle les conduisait souvent auprès d'un grand chêne, au tronc moussu et absolument tordu, sur les énormes racines duquel on s'asseyait, et où l'on écoutait murmurer la brise dans les cimes vertes et chanter les cigales.

Le pauvre petit cœur gelé de la Moucheronne se dilatait entre ces deux affections d'animaux, les seules, d'ailleurs, qu'elle pût posséder, et ses grands yeux sombres devenaient doux et pleins de caresses quand ils se portaient sur Nounou et sur Moucheron.

L'automne arriva et la fillette trembla, car Favier demeurait plus fréquemment au logis, et le petit chat, qui croissait en vigueur et en lutineries, devenait difficile à garder et surtout à dérober aux yeux du braconnier.

Puis vint l'hiver ; et, ce sommeil de mort qui pèse sur la nature et qui dure des mois dans nos contrées, enveloppa la forêt devenue silencieuse et lugubre.

Ce soir-là, on entendait le vent d'hiver gémir autour de la cabane de planches, et l'on frissonnait.

La Moucheronne servait à Favier son souper ; elle allait et venait, légère sur ses pauvres pieds nus, rougis et crevassés par le froid, et elle tendait l'oreille de temps en temps, angoissée, pour écouter si un miaulement du petit chat n'allait pas s'élever tout à coup du réduit où elle l'avait laissé endormi dans la mousse sèche, n'osant plus l'exposer à l'air glacé de sa prison habituelle.

Mais nul bruit ne venait de ce côté ; il sommeillait profondément sans doute ; Nounou chassait au loin ; la Moucheronne ne s'en inquiétait pas car la brave bête rentrait au logis quand bon lui semblait, et l'on sait que les loups peuvent impunément supporter la température la moins élevée.

Soudain, Favier s'aperçut qu'il avait égaré son couteau : cela le mit de mauvaise humeur.

« Il n'est pas loin d'ici, dit-il, car je l'ai encore touché pour couper des branches sèches au vieux saule. Va jusque-là, petite brute, ajouta-t-il en montrant la porte à la Moucheronne, tu as de meilleurs yeux que moi, et d'ailleurs, j'ai assez marché, moi ! »

Il se versa un verre de vin et, se renversant sur sa chaise dépaillée qui craqua sous son poids, il se mit à siffloter, sans songer que par cette soirée glaciale, l'enfant n'avait sur le corps que de misérables loques.

La Moucheronne n'avait qu'à obéir : elle alluma une chandelle à celle qui brûlait, fichée dans un trou de la table ; et, protégeant la flamme vacillante de sa petite main maigre, elle sortit, suivant les traces laissées sur le sol par les gros souliers ferrés de son maître.

Elle fit ainsi une centaine de mètres, et vit briller à terre le couteau affilé qu'elle ramassa avec empressement ; puis, elle se mit à courir, autant pour ne pas faire attendre Favier que pour se réchauffer, car ses dents claquaient de froid et ses doigts engourdis ne pouvaient plus tenir la chandelle.

Pendant ce temps, hélas ! Moucheron avait fait des siennes : réveillé tout doucement de son long somme et ayant depuis bien des heures digéré la soupe de la Moucheronne que, dans son égoïsme de minet, il avait dévorée presque tout entière, il avait poussé un miaulement lamentable dans l'espoir que sa petite maîtresse l'entendrait et viendrait le délivrer.

Favier, n'étant pas encore ivre, possédait ses pleines facultés, par malheur.

« Il y a une chouette par ici » se dit-il en se dirigeant vers le réduit de la fillette.

Quel ne fut pas son étonnement en trouvant devant lui un joli chat qui, à son aspect, se mit à souffler bruyamment en hérissant son poil.

Favier le saisit par la peau du cou :

« Quelle est cette bête ? demanda-t-il à la Moucheronne qui rentrait. »

En ouvrant la porte, la pauvre petite aperçut Favier qui tenait suspendu entre le pouce et l'index le chat terrifié, se laissant aller inerte, entre les doigts qui lui tiraient la peau du cou ; elle poussa un cri déchirant.

Sans se retourner, Favier rugit :

« Mille tonnerres ! ferme donc la porte, vermine ; ça n'est pas la peine de laisser le froid entrer dans la chambre, brute que tu es ! »

Machinalement, la Moucheronne obéit, mais son regard devint noir et sa voix s'étrangla dans sa gorge lorsqu'elle dit :

« Favier, je vous en prie, ne lui faites pas de mal !

– Qu'est-ce que cela ? demanda de nouveau le méchant homme.

– Ca, c'est... c'est... Moucheron.

– Qui t'a donné ce chat ?

– Un chat ? c'est un chat ? répéta la fillette qui, pour la première fois apprenait à quelle espèce d'animaux appartenait son ami.

– Eh ! oui, brute, imbécile, idiote ! réponds donc, quand je t'interroge ! d'où ça vient-il ?

– D'où ca vient ?... Je ne sais pas, répliqua l'enfant qui tremblait comme la feuille.

– Ah ! tu ne le sais pas ? eh ! bien, je vais te le dire, moi : malgré ma défense absolue, pendant que je n'y suis pas, tu vas au village, et...

– Le village ? Qu'est-ce que le village ?... Ah ! c'est le pays de Rose. Je n'y suis jamais allée, vous ne l'ignorez pas, Favier.

– Menteuse ! Est-ce que tu te figures par hasard que ce chat a pu venir tout seul ici ?

– C'est Nounou qui l'a apporté un jour dans sa gueule, s'écria la

Moucheronne dont le petit cœur battait à se rompre.

– Nounou ?... Ah ! la bonne histoire, me prends-tu donc pour une buse comme toi pour penser que j'ajouterai foi à tes contes.

– Ce n'est pas un conte, Favier, reprit la fillette accablée encore plus qu'indignée de l'injustice. C'est bien Nounou qui a apporté ce petit chat. »

Le misérable eut aux lèvres son rire froid et cruel.

« C'est Nounou, répéta la fillette avec fermeté. »

Favier ignorait une chose : c'est que quelquefois les animaux les plus féroces sont, de temps à autre, susceptibles de pitié, tandis que lui, un être humain, il ne connaissait pas ce sentiment.

« Te tairas-tu, vermine ? grinça-t-il avec rage. Tu oses me tenir tête, à moi ? Pour te punir, tu vas voir ce que je vais faire de ton chat. »

Terrifiée, la pauvre petite écoutait sans comprendre.

« Il ne va pas le tuer, au moins, non il ne va pas le tuer ?... » murmuraient ses lèvres décolorées par la terreur.

Favier leva le bras auquel la pauvre bête demeurait toujours suspendue.

La Moucheronne fit un pas en avant, saisit ce bras en se haussant sur la pointe de ses petits pieds nus, et d'une voix tellement altérée qu'elle en devenait rauque :

« Ne faites pas cela, Favier, vous entendez, ne faites pas cela. »

Le misérable se retourna alors et regarda l'enfant dont un étrange rictus crispait la lèvre ; un instant il se troubla, mais son naturel brutal reprit le dessus : eh ! quoi ! se laisser effrayer par cette Moucheronne, un avorton, un rien qu'il pouvait écraser entre deux doigts !

D'un mouvement violent, il jeta sur le sol le pauvre minet qui poussa un gémissement horrible et vint s'aplatir contre le mur, la tête à moitié broyée, les pattes agitées dans une convulsion suprême.

Il y eut un silence écrasant...

Au dehors on entendait un grondement qui était celui du vent dans le bois sec.

L'enfant demeurait immobile dans l'ombre de la cabane, droite comme une statuette de bronze, et ses yeux luisaient comme des yeux de panthère.

Son cœur saignait, mais une colère folle, sauvage, l'emplissait en même temps.

Elle considérait tantôt cette petite chose inerte et sanglante à terre, qui était son chat, son Moucheron, et tantôt son bourreau.

Son bourreau, ah ! si d'un regard elle eût pu le poignarder !

C'est que nul ne lui avait appris son catéchisme, à la pauvre enfant, et elle ignorait le pardon.

Qui donc le lui aurait enseigné ? Assurément ce ne pouvait être ni Rose l'imbécile, ni Nounou, ni Favier.

Favier, lui, gardait son cynique sourire, son sourire de diable :

« Voilà bien du bruit pour un misérable chat, dit-il enfin. Ramasse-moi ça et promptement, ajouta-t-il en repoussant du pied le petit corps ; et ôte-toi de devant mes yeux car tu m'ennuies. »

L'enfant obéit, renfermant sa douleur farouche ; trop faible pour se révolter, trop fière pour se plaindre, elle se tut, mais son petit cœur chancela dans sa poitrine lorsque, dans les plis de son jupon en guenilles, elle serra le pauvre Moucheron.

Puis elle courut s'enfermer dans l'étroite ruelle qui lui servait de chambre.

Chapitre VIII
Désespoir d'enfant

Il n'était pas tout à fait mort, et, doucement elle le serra contre son sein palpitant. Quelques mots de tendresse flottèrent sur ses lèvres dans un sanglot : « Il faut bien qu'il m'entende parler, se disait-elle ; s'il respire encore, au moins il saura que je suis là. »

Puis, quand il fut tout à fait mort et froid, elle le baisa.

Elle passa la nuit ainsi. Nounou n'avait pas reparu ; sans doute elle avait trouvé du gibier sous bois et attendait l'aube pour venir gratter à la porte.

La Moucheronne alla plusieurs fois regarder au dehors : il faisait nuit noire, noire, sans une étoile au firmament.

Au matin, elle sortit sans bruit et vit la louve couchée en travers du seuil ; elle lui montra le corps raidi du petit chat :

« Vois, dit-elle simplement, vois ce qu'il a fait de notre ami. »

La louve eut un grondement de colère à l'adresse de Favier, en montrant ses crocs formidables.

La Moucheronne creusa un trou dans la terre et y déposa Moucheron.

Nounou l'accompagnait et lui léchait les mains comme pour lui demander pardon du crime de l'autre.

Ce matin-là, le vent sauta brusquement au midi et la température s'adoucit sensiblement.

Favier dormait toujours, il pouvait dormir ainsi jusqu'à une ou deux heures de l'après-midi.

Le sommeil de l'homme juste n'est pas toujours paisible comme on le dit ; en revanche celui du méchant est souvent calme et reposant.

Tout était paix et silence dans le bois dépouillé.

« On doit être très heureux quand on est mort » se dit la Moucheronne en se dirigeant comme machinalement vers un coin de la forêt qu'elle affectionnait particulièrement ; un coin qui devenait ombreux et mystérieux aux beaux jours, plein de chaleur parfumée, où la fillette venait travailler pendant les heures brûlantes de l'été.

Elle s'y assit, oubliant sa tâche quotidienne, et songeant, Nounou à ses pieds ; elle avait toujours ce tableau devant les yeux : son petit chat gisant à terre, la tête fracassée. Lorsqu'elle eut ainsi rêvé, elle se leva, secoua ses cheveux en broussailles, étira ses petits bras maigres, engourdis par le froid, et se dirigea vers le trou.

Le trou était une sorte de mare peu profonde, sauf un endroit, aux eaux noires et stagnantes.

Elle se pencha au-dessus, tandis que Nounou la regardait d'un air inquiet.

« C'est froid et c'est laid, murmura-t-elle avec un frisson, mais tant pis ! »

Elle assembla dans son pauvre jupon quelques grosses pierres, et en tint les extrémités afin de ne point laisser glisser les cailloux... elle pesait si peu, elle avait peur de revenir à la surface.

Puis, se retournant, elle se baissa et mit un baiser sur la tête velue de la louve qui répondit par un gémissement à cette caresse suprême.

« Adieu, Nounou, dit l'enfant avec un accent de douceur infinie ; il n'y a que toi qui m'aies aimée, toi et le petit chat... Manon, elle, est trop loin... Adieu, tu peux te passer de moi car tu sais te défendre, toi ! Tu sais bien que je ne puis pas faire autrement que de mourir, car la vie est trop dure. »

Elle releva ses grands yeux qui errèrent au loin, au delà de l'ombre impénétrable.

« Favier ne me trouvera plus ! murmura-t-elle avec une joie farouche ; il n'aura plus personne à faire souffrir ! »

Puis elle descendit doucement dans l'onde noire et épaisse.

En un certain endroit, l'eau était assez profonde pour noyer un enfant de sa taille. Nul ne la vit ni ne l'entendit tomber... il n'y eut que la louve qui hurlait sinistrement sur le bord.

À ce moment, Favier, furieux, cherchait sa petite servante en rupture de service ce matin-là ; il passa près du trou, tendit l'oreille, et, s'approchant, vit Nounou qui allait et venait désespérément, les pattes dans l'eau. Un soupçon effleura son esprit ; il plongea avec son bâton dans la surface agitée de frémissements qui se propageaient de cercle en cercle, et rencontra un obstacle.

Une malédiction aux lèvres, il se courba, entra un peu dans la mare et en retira la Moucheronne.

Il ne tenait à elle que pour les offices qu'elle lui rendait sans lui rien coûter ; pas pour autre chose. Qui donc l'eût servi ainsi sans exiger aucun salaire ?

Il l'emporta à la cabane, alluma un feu de bois sec devant lequel il étendit la petite fille.

La louve les avait suivis.

Peu après l'enfant remua ; le braconnier fit passer entre ses dents serrées quelques gouttes d'eau-de-vie qui la ranimèrent tout à fait en ramenant la chaleur dans ses veines glacées. Favier qui ne

Chapitre VIII

connaissait pas le remords et qui sifflotait en attendant son retour à la vie, ne put se défendre d'une certaine honte, quoique son âme fût cuirassée contre tout sentiment de ce genre, lorsqu'il rencontra le regard de la Moucheronne, regard d'une limpidité irritante, plein d'un muet reproche ; il baissa la tête devant la profondeur de ses yeux qui parlaient pour ses lèvres.

Mais secouant cette impression qui l'humiliait, le misérable la força brutalement à se remettre debout.

« Ainsi, lui dit-il d'un ton goguenard, tu as voulu te tuer ? »

Elle fit signe que oui.

Sans savoir, cependant, qu'elle avait commis une faute grave, elle avait conscience de s'être montrée lâche.

« Et pourquoi ça ?

– Pourquoi ?... Vous me demandez pourquoi, Favier ? dit-elle recouvrant son assurance et dardant sur son bourreau son regard dévorant plein de haine sauvage. Vous avez tué mon ami », fit-elle, tandis que les larmes se séchaient dans ses prunelles à mesure qu'elles y montaient.

Le colosse rit.

« La belle affaire ! un chat.

– Mais je n'avais que cela ! » s'écria la pauvre enfant avec désespoir.

Et elle pensait :

« Je devrais couper la main qui a commis ce crime. »

Cette brute de Favier ne pouvait comprendre, nature grossière, ce que la Moucheronne avait perdu en perdant son ami.

Il reprit :

« Tu n'as pas le droit de t'ôter la vie. »

Les grands yeux de la fillette l'interrogèrent.

« Parce que, poursuivit le bandit, tu m'appartiens, tu es ma servante, ma chose, et si tu te tuais tu commettrais un vol.

– Oh ! fit la Moucheronne en reculant.

– Un vol tu entends bien. Tu ne recommenceras plus ?

– Non ! »

Elle baissa la tête et se remit au travail ; ses vêtements étaient presque secs.

Elle frissonnait, mais ce n'était pas le froid qui la faisait trembler.

Ainsi elle n'avait pas même le droit de s'ôter cette vie si lourde dont elle ne connaissait que le côté noir.

Elle ne récriminait pas, l'innocent ne le fait pas. Pauvre petite ! elle avait le cœur et les mains pures et elle souffrait le martyre.

Ah ! que cette faible créature devait peser dans la balance qui mesurait devant Dieu les fautes de Favier !

Le soir venu, elle rangea les objets qui avaient servi au souper de Favier et se retira dans son réduit ; son petit cœur était gros à éclater et Favier n'aimait pas les larmes.

Elle fit signe à Nounou de la suivre, mais Nounou qui somnolait allongée à terre ne la vit pas.

« La louve est fâchée, pensa la fillette, ce que j'ai fait était donc vraiment très mal. »

Elle s'étendit sur la paille et sanglota : elle n'avait pas une poitrine humaine pour laisser tomber sa tête lassée, et elle n'avait, en ce moment, pas même sa vieille amie Nounou.

Lorsque Favier, ayant fumé sa dernière pipe, se coucha à son tour, il poussa du pied la louve dans la chambrette de la Moucheronne.

Celle-ci dormait de ce sommeil de l'enfance qui résiste à tous les supplices, ses cheveux révoltés en désordre sur son front brun. Le profond ébranlement de ces deux jours avait pâli davantage sa petite figure maigre.

Nounou passa sa grande langue chaude sur la joue humide de larmes de la fillette qui, sentant cette caresse à travers son rêve, chercha à tâtons la tête velue de sa nourrice.

Le lendemain, elle reprit sa vie accoutumée de travail et de misère, mais son âme était rentrée dans l'ombre. Seulement, elle devint plus insensible aux coups et aux menaces ; la mort ne lui faisait pas peur. Un jour, Favier, dans l'état d'ivresse, saisit son fusil et la coucha en joue : l'enfant attendit, droite, immobile, mais son visage n'exprima aucune crainte.

Puis l'été reparut ; le souvenir de Moucheron s'affaiblissait dans la mémoire de la petite fille ; elle travaillait, tantôt au milieu de l'air brûlant et des rayons du soleil dont elle ne semblait pas sentir les morsures sur ses épaules fatiguées et bleues de coups, tantôt au milieu de l'ouragan et de l'orage, quand le vent sifflait furieusement et déracinait les jeunes arbres ; mais elle aimait ces bruits désolés de la nature et son rude labeur sur cette terre chaude et triste ne lui paraissait pas si pénible.

L'exaltation farouche qui avait suivi la mort de son petit chat était tombée en elle ; elle subissait passivement son sort, ne se demandant pas si les autres étaient moins à plaindre qu'elle ; ne sachant pas que tandis qu'elle était traitée comme un pauvre petit chien, d'autres enfants de son âge avaient à loisir des caresses et mille douceurs ; elle ignorait que pas bien loin d'elle, au village, on chantait et l'on riait à la tombée du jour, en égrenant du maïs, et que, au retour des champs, hommes, femmes et bambins trouvaient un bon lit, un souper frugal mais abondant, et de bons baisers partout.

Au bout de la journée, son seul plaisir quand son maître n'était pas là, était de respirer l'air embaumé du soir, de contempler la première étoile s'allumant après l'éblouissement d'un coucher de soleil, et de laisser le vent fouetter sa chevelure et son visage.

Elle ne demandait rien, et qui eût-elle questionné ? Les enfants laissent les jours s'écouler sans chercher à apprendre où ils vont. Ce petit être ignorant et fragile aimait d'instinct le beau, car c'est chose qui ne s'enseigne pas, et, regardant la nuit la forêt pleine de majesté et de silence, elle palpitait de joie ; si elle eût connu Dieu, assurément elle se serait dit que Dieu était là et la voyait. Le matin, elle se levait avec l'aurore pour courir, pieds nus, dans la rosée, écouter chanter les oiseaux et bruire les insectes.

Plusieurs fois, elle avait essayé de parer le pauvre logis avec de fraîches fleurs rustiques, mais Favier qui, comme une bête immonde, détestait tout ce qui était pur et joli, écrasait impitoyablement les plantes parfumées sous sa botte.

Cependant en songeant à l'hiver et aux longues soirées solitaires quand la louve allait chasser, l'enfant frissonnait parce qu'elle était assez grande pour se rappeler qu'après l'été vient la mauvaise saison, après le soleil la pluie, après la verdure, le neige.

Chapitre IX
Causerie de bandits

La Moucheronne a douze ans.

Moralement, elle est à peu près restée ce qu'elle était à six : un peu plus défiante et farouche encore, car elle a eu le temps de souffrir davantage.

Physiquement, c'est une belle enfant ; les mauvais traitements et les travaux au-dessus de son âge et de ses forces n'ont pas arrêté sa croissance ni ankylosé ses membres ; elle est droite comme un petit palmier ; son teint est brun et lisse, ses lèvres rouges comme la fleur de grenade, ses dents petites et très blanches ; ses cheveux fourrés et bouclés, ses traits bien modelés, ses yeux splendides, noirs comme le velours et largement fendus avec de longs cils bruns.

Mais elle ignore complètement sa grâce et sa beauté : ce n'est ni Rose, ni Favier, ni Nounou qui le lui ont appris.

Elle était forte malgré sa stature mince, car elle passait sa vie au grand air, au soleil, ce qui la développait rapidement.

Son esprit travaillait toujours, mais il ne progressait pas à la façon de celui des autres enfants ; elle ignorait ce que savent ceux de son âge, mais elle avait acquis le don de réfléchir et de réfléchir avec sagesse.

D'instinct elle haïssait le mal et le mensonge. Jamais une parole contraire à la vérité n'avait passé par ses lèvres, lors même que cela eût pu lui éviter une correction de son redoutable maître.

Elle commençait à pressentir que celui-ci ne gagnait pas honnêtement sa vie, et le pain noir qu'elle mangeait chez lui l'étouffait lorsqu'elle songeait qu'il provenait d'un vol.

Depuis qu'elle était ainsi devenue grandelette, depuis qu'elle avait pris des manières posées, elle s'était organisé, attenant à la cabane, un petit réduit où elle avait juste la place de se coucher sur un lit de feuilles sèches, et où Nounou pouvait encore s'étendre à terre.

Et le matin, levée avec le jour, elle reprenait sa tâche ingrate pour ne la plus quitter jusqu'à la nuit.

Il y avait tant de choses à faire pour contenter ce tyran jamais satisfait, qui laissait tout en désordre derrière lui et exigeait un service attentif et zélé.

Un soir, le braconnier ramena deux hommes avec lui ; il était tard ; la Moucheronne, déjà couchée, entendait tout à travers la mince cloison, et la fumée des pipes arrivait jusqu'à elle et la prenait à la gorge.

Nounou grondait en se retournant sur ses pieds qu'elle réchauffait de son corps et de son haleine.

Les trois hommes buvaient en causant.

La Moucheronne ne comprenait pas trop bien leur langage émaillé de jurons grossiers et d'expressions triviales, mais ce qu'elle comprit cependant, c'est que ces hommes complotaient un meurtre.

Elle regarda par une fente de la cloison légère, et les vit attablés ; les nouveaux venus moins grands et moins forts que Favier, étaient barbus comme lui, et comme lui aussi portaient une blouse bleue, un pantalon de velours et un bonnet de fourrure avancé sur les yeux.

Le complot se tramait gravement devant les chopes de vin et les couteaux affilés posés tout ouverts sur la table ; il s'agissait, ni plus ni moins, d'arrêter un jeune militaire dont la bourse était bien garnie et qui devait traverser à cheval la forêt pour rentrer chez lui à Saint-Prestat.

Favier s'était renseigné au cabaret où le soldat avait soupé, et, s'adjoignant deux camarades, il organisait le coup.

Un militaire, la Moucheronne ne savait pas ce que c'était, mais elle jugea que ce pouvait bien être un innocent qu'on allait faire périr et que pleureraient ses parents.

« Si je connaissais mieux la forêt, pensait-elle, je l'avertirais, mais je ne l'ai jamais parcourue tout entière. »

Elle colla son oreille contre la paroi de bois pour mieux entendre.

« Mais, Favier, disait l'un des bandits, est-ce que tu n'as point par là une gamine qui pourrait nous trahir ?

– La Moucheronne, bah ! une idiote qui dort maintenant à poings fermés comme une fainéante qu'elle est.

Es tu bien sûr qu'elle dorme ? reprit un autre.

– Puisque je vous dis qu'il n'y a rien à craindre ; elle ne comprend que les ordres que je lui donne et les grognements de sa nourrice la louve.

– Ah ! oui, Nounou ? »

Et ils se mirent à rire, puis, continuèrent l'exposé de leurs plans.

« C'est que, dit le plus jeune des voleurs, un soldat, ça ne se laisse pas désarçonner facilement.

– Est-ce que tu aurais peur, par hasard ? nous sommes trois contre un, nous en aurons vite raison. C'est, d'ailleurs, un tout jeune homme, un fanfaron qui veut abréger sa route en passant par la forêt à quatre heures du matin ; or à quatre heures, en cette saison, il ne fait pas jour encore, et personne ne fréquente le bois.

– Tu dis qu'il a le gousset bien garni ?

– Il est riche et il a de l'or à poignées.

– Tant mieux. »

Leurs yeux brillèrent d'avidité.

« Donc, mes agneaux, soyons avant l'aube au carrefour du vieux chêne, vous deux d'un côté ; moi de l'autre avec nos couteaux et nos pistolets, et cheval et cavalier apprendront à leurs dépens qu'il ne fait pas bon voyager si matin sur mes domaines. »

La Moucheronne en savait assez ; elle retomba sur son lit de feuilles, caressa du bout de son pied la tête velue de la louve et songea.

Chapitre X
Pas sans Nounou

Il avait neigé toute la nuit ; les flocons formaient une ouate cotonneuse sur la mousse de la forêt, et les grands arbres dénudés en étaient aussi couverts.

Il faisait noir en haut et blanc sur la terre ; mais l'atmosphère était douce comme lorsque la neige s'apprête à tomber.

Il était nuit encore ; une petite ombre suivie d'une autre plus grande, plus massive, se glissa hors de la cabane du braconnier ; elles marchaient si légèrement, ces ombres, que leurs pas ne produisaient aucun bruit.

De temps à autre, dans les allées toutes givrées, un rameau se détachait, secouant la poudre blanche qui s'éparpillait dans l'air.

La plus grande des deux silhouettes allait devant comme pour frayer ou indiquer la route. Elles cheminèrent ainsi jusqu'à l'une des extrémités du bois ; là elles s'arrêtèrent et attendirent.

Au bout de quelques instants, une voix mâle frappa l'air sonore ; cette voix modulait une chanson joyeuse : puis parut un beau garçon de vingt-cinq ans tout au plus, portant crânement l'uniforme d'officier de cavalerie, et monté sur un cheval un peu maigre, mais d'allure décidée ; il avait en bandoulière une sacoche bien gonflée.

Soudain, il interrompit son couplet ; une singulière apparition lui barrait le chemin et sa monture fit un écart ; il la maintint d'une main habile et regarda devant lui.

Il ne faisait pas clair encore, mais la lueur blanchâtre de la neige, à défaut de celle du ciel, lui montra à quelques pas de lui un groupe formé par un animal gigantesque et par un enfant.

« Qui va là ? » cria le jeune homme en cherchant instinctivement le pistolet pendu à l'arçon de sa selle.

Une petite voix fraîche lui répondit :

« N'ayez pas peur ; Nounou ne vous fera pas de mal et moi je viens empêcher qu'on vous en fasse. »

L'officier n'entendait pas grand-chose à ce discours ; il comprit cependant qu'il n'avait rien à craindre de la louve, et il flatta doucement son cheval de la main pour calmer sa frayeur.

– Qui es-tu petite ou petit, car je n'y vois pas assez pour distinguer si tu es fille ou garçon.

– Je suis la Moucheronne.

– La Moucheronne ? drôle de nom, fit-il en riant, en tout cas un nom féminin. Eh ! bien, jeune vagabonde, que me veux-tu ? dépêche-toi de me le dire car je suis pressé. Est-ce une aumône que tu réclames ? »

Et il portait déjà la main à son gousset où tintait gaiement l'or.

« Une aumône ? qu'est-ce que c'est que ça ?

– Bien ! elle l'ignore. Cependant, ce n'est pas une enfant de riches, on ne la laisserait pas ainsi courir les bois à pareille heure en compagnie d'un loup, se dit l'officier.

– Je suis venue, reprit la fillette qui sentait que le temps pressait, je suis venue pour vous dire qu'il ne faut point passer par la forêt ; il y a des hommes qui veulent vous tuer.

– Moi ? ah ! ah ! ah !... sommes-nous encore au temps des brigands, ou bien en plein pays de Calabre pour craindre les attaques nocturnes sous bois ? Et qui donc voudrait me tuer ?

– Mon maître, répondit la fillette très grave, mon maître et deux de ses camarades.

– Ah ! c'est donc un brigand ton maître ? et ils t'ont confié leur dessein, ces messieurs ?

– J'ai entendu ce qu'ils disaient hier soir en causant dans la cabane et je me suis levée dans la nuit pour venir vous avertir avant l'aube. »

Elle parlait simplement et avec sincérité ; le jeune homme réfléchit une seconde ; puis, relevant sa tête fière et avec défi :

« Bah ! je suis armé ; je ne me laisserai pas dévaliser si facilement.

– Mais ils seront trois, fit observer judicieusement la Moucheronne ; ils sont armés, eux aussi, et mon maître est doué d'une force prodigieuse.

– Elle a peut-être raison », murmura l'officier. Puis soudain, appelant la petite fille du geste :

« Approche-toi », lui dit-il.

Elle obéit sans hésiter ; la louve poussa un grognement de méfiance et s'avança, comme elle, de quelques pas.

« Paix, Nounou », dit la Moucheronne en étendant la main vers l'animal.

L'officier tira de sa poche un objet de petite apparence et battit le briquet.

« Approche-toi encore et n'aie pas peur », répéta-t-il.

La petite fille s'avança de nouveau ; le jeune homme se pencha sur sa selle, et à la lumière du flambeau improvisé, il l'examina.

Elle ne baissa point ses grands yeux limpides devant les prunelles bleues de l'inconnu. Il enveloppa d'un regard cette charmante créature fine et robuste à la fois, d'une beauté sauvage mais parfaite.

« Tu es jolie, dit-il.

– Je ne sais pas, répondit-elle, indifférente.

– Tu n'es pas française, sans doute ?

– Française, qu'est-ce que c'est ?

– Décidément tu ne sais rien de rien.

– Peut-être bien, mais ce qu'il faut, c'est que vous fuyiez vite par là-bas. »

Et elle désignait la route blanche de neige qui s'étendait au-delà du bois.

L'officier fit un signe d'assentiment et rassembla les rênes de sa monture.

« Mais, reprit-il sans rendre la main au cheval, si ton maître apprend ce que tu as fait ?

– Il me tuera, répondit-elle simplement, sans manifester de frayeur.

– Tu n'as donc personne pour te défendre ?

– J'ai Nounou, fit-elle en montrant la louve qui, entendant son nom, releva la tête.

– Nounou ? pourquoi l'appelles-tu ainsi ?

– Parce qu'elle a été ma nourrice.

– De plus en plus surprenante, murmura le jeune homme. Si l'on avait le temps, on la ferait causer, cette petite. Mais pourquoi l'abandonnerais-je à son sort puisque selon toute apparence, elle me sauve la vie.

– Enfant, reprit-il tout haut, veux-tu monter en croupe avec moi. »

Elle leva sur lui son regard interrogateur.

« Là, sur mon cheval, je t'emmènerai chez moi où ma mère te soignera et t'aimera. »

La Moucheronne courba la tête ; une vision de l'inconnu passa devant ses yeux ; elle se vit délivrée de la misère et de la tyrannie de Favier, dans une demeure mieux close comme par exemple celle de Manon, (la pauvrette ne pouvait se figurer rien de mieux) entourée d'un homme bon comme le paraissait celui qu'elle voyait là, et d'une femme excellente comme Manon, qui ne lui demanderaient pas un travail excédant ses forces et ne la battraient pas en la privant de pain.

Mais, soudain, relevant son front rembruni par l'inquiétude :

« Et Nounou ? »

L'officier se mit à rire .

« Nounou ? oh ! je ne puis m'en charger. Une enfant c'est bien, mais un animal féroce que je ne connais pas et qui, un jour, pourrait nous jouer un mauvais tour...

– Alors, reprit la fillette avec mélancolie, merci, je ne partirai pas avec vous. À présent, éloignez-vous bien vite et regagnez la route. »

Le jeune homme voulut insister, mais il referma la bouche sans prononcer une parole : l'enfant et la louve avaient disparu dans le bois, sans laisser d'autres traces de leur passage que l'empreinte noire de quatre pattes maigres et celle plus légère de deux petits pieds nus.

« Quelle bizarre rencontre, se dit-il en secouant les rênes de son cheval, et quel dommage que la petite soit si sauvage. Allons, suivons son conseil et prenons la route, cela me retarde, mais je n'ai pas envie de me faire écharper par trois lâches instruits de mon passage ici. »

Bientôt tout bruit cessa dans la forêt, sauf de temps à autre un coup de vent qui glissait entre les branches dépouillées.

La Moucheronne était retournée à la cabane et les trois bandits attendaient, mais en vain, au carrefour du vieux chêne.

« Il aura changé d'avis, dit l'un d'eux.

– Ou bien cette vermine de Moucheronne nous aura vendus », dit un autre plus perspicace.

Enfin le soleil se leva et les trois hommes transis et déçus, quittèrent leur poste.

Favier offrit à ses camarades un verre d'eau-de-vie à la cabane, et ils n'eurent garde de refuser.

Ils trouvèrent la Moucheronne en train d'allumer le poêle et de balayer la masure.

La louve allongée sur le sol, la regardait faire.

Chapitre X

« Hors d'ici, animal ! » cria Favier en montrant la porte à la louve qui obéit à regret ; la Moucheronne la suivit des yeux en réprimant un soupir ; c'était son unique défenseur qu'on éloignait, elle pressentait ce qui allait arriver.

« À nous deux maintenant, dit Favier en refermant la porte, et s'adressant à la fillette :

– Où étais-tu cette nuit ?

– Là, répondit-elle en désignant le réduit où elle dormait habituellement.

– Et ce matin, tout à l'heure, où étais-tu ? »

L'enfant changea de couleur, mais ses lèvres qui exprimaient la résolution et le dédain, demeurèrent closes.

« Ah ! tu ne peux pas répondre ! reprit le braconnier ; c'est donc que tu es coupable. »

Et avec un geste de menace :

« Déshabille-toi. »

Il alla décrocher du mur une lanière de cuir qui servait à fouetter la Moucheronne lorsqu'il voulait assouvir sa colère sur quelque chose.

– Tue-la donc ! cria derrière lui une voix pleine de colère ; elle nous a fait manquer le coup, cette coquine ! »

Favier se retourna :

« Je sais ce que j'ai à faire, dit-il rudement ; elle m'est utile, je ne veux pas la tuer, mais je veux la fouailler de façon à ce qu'elle s'en souvienne. Allons, déshabille-toi ! » hurla-t-il de nouveau en menaçant la Moucheronne.

Son visage avait une expression sinistre. L'enfant frémit, mais au fond elle était vaillante.

« Devant eux ? dit-elle en désignant d'un geste les deux hommes qui demeuraient là, cruels spectateurs de l'exécution.

– Oui, devant eux », ricana le colosse.

Elle ne souffla mot et rejetant ses cheveux en arrière, elle regarda fixement son bourreau de ses grands yeux, qui démesurément ouverts, éclairaient sa pâleur.

Elle ne bougeait pas.

Alors, il leva son fouet sur elle.

« Vous n'avez pas le droit de me frapper, dit-elle tranquillement, je ne suis pas votre fille.

– Mais tu es ma servante », grinça le misérable en laissant retomber sa lanière de cuir qui cingla cruellement les épaules de la fillette.

Le supplice dura dix minutes ; Favier était fort et ne se fatiguait pas vite. Le mince vêtement qui recouvrait le buste de l'enfant se déchirait davantage à chaque coup, et chaque coup laissait un sillon sanglant sur sa peau nacrée.

Mais elle ne proféra pas une plainte.

À la fin, le braconnier jeta au loin son instrument de torture et, se tournant vers ses compagnons :

« Buvons », dit-il.

La Moucheronne assembla autour de ses épaules les débris de son corsage, et, trébuchant, malade, la vue troublée, elle gagna son réduit où elle se laissa tomber sur son lit de feuilles.

Pendant trois jours, elle demeura en proie à la fièvre et incapable de se lever.

Dévorée par une soif ardente, elle ne pouvait même pas se traîner jusqu'au ruisseau pour y mouiller ses lèvres.

La louve gémissait à côté d'elle et la regardait souffrir, ses bons yeux d'animal aimant pleins de pitié et de tendresse.

Favier, pendant ce temps, quitta la cabane et n'y revint pas de toute la semaine ; sans doute il entreprenait une autre expédition plus fructueuse que la précédente.

« Si c'était la mort qui vient ! » se disait la malade, mais sans angoisse, sans terreur.

Elle l'avait vue pourtant, la mort, et savait ce que c'était.

Elle avait assisté à mainte agonie d'oiseaux broyés par l'orage ou de lapins atteints par le plomb du braconnier.

Elle savait que c'est un instant de souffrance, suivi du repos et de l'immobilité absolue.

Elle ne savait rien de plus et n'avait aucune idée de la vie qui doit succéder à celle d'ici-bas.

Mais elle guérit ; la jeunesse et surtout la jeunesse aguerrie à la rude école de la misère et des intempéries, a des ressorts d'une puissance incompréhensible.

La Moucheronne se releva, toujours vaillante, et reprit, un peu plus pâle seulement, ses travaux de chaque jour.

Chapitre XI
Nounou traquée

Nounou est inquiète ce matin-là, très inquiète ; elle dresse l'oreille à tous moments et gronde sans raison apparente, allant à la porte close comme pour y flairer un ennemi invisible.

« Allons, louve du diable ! en chasse ! » lui cria Favier, dont le garde-manger était vide, et qui trouvait plus commode de le faire remplir par Nounou que d'aller lui-même s'approvisionner au village voisin.

La bête obéit et sortit après avoir jeté un regard plein de tristesse sur la Moucheronne. Celle-ci achevait les nettoyages du matin ; elle prépara le linge qu'elle devait laver, puis, se dirigea vers le ruisseau tandis que le braconnier, cuvant l'ivresse de la veille, retombait dans un lourd sommeil.

Cependant le soleil montait au zénith que Nounou n'avait point reparu et la fillette s'en tourmentait d'autant plus que des bruits inusités couraient à travers la forêt.

On touchait à la fin de l'hiver, mais cette saison est longue en ce pays au dur climat où les arbres ne bourgeonnent que fort tard.

Or, il arrivait justement ce jour-là que le propriétaire de la forêt y faisait une tournée en compagnie de quelques joyeux amis, moins pour tirer des coups de fusils que pour boire des vins capiteux et manger un pâté aux truffes sur la mousse tendre des allées.

« Cette satanée bête n'est donc pas de retour ?... cria Favier en apparaissant sur le seuil de la porte.

– Non, répondit la Moucheronne qui travaillait tout auprès.

– Avec quoi veut-elle donc que je dîne ?

– Je ne sais ce qui est survenu, reprit l'enfant dont le cœur était mordu par l'angoisse, mais d'habitude Nounou ne reste pas si longtemps absente. Il y a du bruit dans la forêt aujourd'hui ; j'ai entendu des coups de fusils et des appels de voix...

– Tu dis ?... » fit le colosse en pâlissant et en s'approchant de la Moucheronne qui répéta sa phrase.

Alors Favier, toujours sur le qui vive malgré ses airs de bravade, prit son bonnet de fourrure et son bâton et s'éloigna du côté du bois où régnait encore le calme.

La Moucheronne poussa un soupir de soulagement ; elle laissa son ouvrage, essuya ses doigts mouillés, et, secouant ses cheveux noirs, bondit comme un jeune faon, droit devant elle en appelant Nounou.

Mais rien, toujours rien ne lui répondit, et des larmes lui montèrent aux yeux en songeant qu'il était peut-être arrivé malheur à son amie.

Elle fit ainsi bien du chemin et tomba tout à coup, ainsi qu'un petit animal étrange et effarouché, au milieu des dîneurs.

Jamais elle n'avait vu pareille chose : Couchés sur la mousse odorante, une dizaine de jeunes gens mangeaient et buvaient, riant à mourir ; le vin, de couleur rubis, étincelait dans les coupes de cristal ; l'argenterie reluisait au soleil, et des serviteurs en livrée éclatante s'empressaient autour des convives.

Un peu plus loin, les fusils étaient jetés négligemment sur le gazon ; et à côté, les chevaux débridés se livraient à une vraie débauche d'herbe tendre.

Tout cela était certainement un spectacle nouveau pour la Moucheronne, mais, ce qui était plus nouveau encore pour le marquis et ses compagnons, c'était la vue de ce petit être effaré qui les considérait de ses yeux sombres et pensifs.

Le châtelain l'appela du geste ; à ses doigts brillaient des bagues ornées de pierres aux feux merveilleux.

« Approche, petite, et n'aie pas peur. Que cherches-tu ? »

La Moucheronne se rassura ; cet homme était le second qui lui parlait avec douceur ; tous ne ressemblaient donc pas à Favier ?

« Je cherche Nounou, répondit-elle encore essoufflée de sa course.

– Ta Nounou. Ah ! diable ! est-ce qu'elle s'est perdue ?

Chapitre XI

– Perdue, non, elle ne peut s'égarer, elle connaît trop bien la forêt.

– Vraiment ? est-ce qu'elle y habite ?

– Elle y est née et ne l'a jamais quittée, comme moi.

– Comme toi ? vous êtes donc des prodiges ; j'ignorais que dans notre siècle il y eût encore des goûts de solitude comme au temps des Pères du désert. Et, dis-moi, petite, nous la rencontrerons peut-être en chassant, ta Nounou.

– Oh ! ne lui faites pas de mal ! supplia l'enfant en joignant les mains.

– Et quel mal veux-tu que nous lui fassions, nous prends-tu pour des anthropophages ? Voyons, donne-nous un peu son signalement.

– Son signalement, répéta la fillette sans comprendre.

– Oui, comment est-elle, ta nourrice ? grande ou petite ?

– Grande.

– Forte ?

– Je crois bien, elle me porte encore sur son dos.

– Tu ne dois pas être bien lourde, va ma mignonne. Est-elle brune de teint ?

– Oh ! oui, presque noire.

– C'est sans doute une négresse, suggéra l'un des convives en attaquant une aile de perdreau.

– De quelle couleur sont ses yeux ?

– Vert le jour ; et la nuit, ils brillent comme des lumières.

– Mais c'est un phénomène que ta Nounou. Parions qu'elle a des dents éblouissantes.

– Toutes blanches, en effet. Vous l'avez vue ?

– Je n'ai pas eu cet honneur, mais les négresses en général..... Enfin, je lui ferai mon compliment si je la rencontre : elle a fait de toi une fière gaillarde. Comment te nommes-tu ?

– On m'appelle la Moucheronne.

– C'est un surnom cela. Et autrement ?

– Je n'ai pas d'autre nom.

Mais enfin, ton père, ta mère, comment se nomment-ils ?

– Je n'ai ni père, ni mère, je n'en ai même jamais eu. Je n'ai que Nounou au monde avec Favier mon maître.

– Qui est Favier ?

– Je ne sais pas, c'est mon maître, voilà tout.

– Où habite-t-il ?

– Là-bas, fit l'enfant en montrant le cœur de la forêt.

– Chez moi ? dit le marquis en fronçant le sourcil.

– Non, chez lui », répondit innocemment la Moucheronne.

Tous se mirent à rire.

« Allons, petite, dit le châtelain en emplissant une coupe d'un vin pétillant et doré, bois cela à la santé de ta nourrice. »

L'enfant hésita, puis mouilla ses lèvres rouges dans le verre, mais elle les en retira aussitôt et dit avec une petite moue gentille :

« J'aime mieux l'eau du ruisseau. »

Les rires redoublèrent.

« Et ceci, l'aimes-tu mieux ? » reprit le marquis en retirant de son doigt un anneau étincelant.

La Moucheronne y jeta un regard dédaigneux.

« Il y a plus beau que cela, fit-elle.

– Vraiment ?

– Oui, les étoiles de la nuit lorsque le ciel est d'un bleu sombre et qu'elles y forment comme des étincelles d'or.

– Mais tu ne peux y atteindre, tandis que de ce joyau coûteux, tu peux orner ta main mignonne.

– Oh ! répliqua l'enfant avec un mouvement d'épaules, c'est la première fois que je vois chose pareille, mais je sens bien que cet anneau ferait triste figure sur moi ; ce n'est ni Favier, ni Nounou, ni moi qui y prêterions attention.

– Allons, tu es bien dédaigneuse, dit le Marquis en remettant la bague à son doigt ; mais le ferais-tu autant si je t'offrais un louis ?

– Un louis ?

– Oui, une pièce d'or.

– Qu'en ferais-je ? C'est si petit, je l'aurais vite perdu.

Chapitre XI

– Eh ! ma fille, riposta l'un des convives étonné, tu t'en achèterais des habits un peu plus frais que ceux que tu portes. »

La Moucheronne, sans rougir, jeta un regard sur ses vêtements fripés.

« Tu es jolie, ajouta la chasseur, une petite robe rose, par exemple, t'irait à merveille.

– Qu'est-ce que c'est, être jolie ?

– Agréable à regarder.

– Comme la forêt pendant l'été, alors.

– Ah ! oui, mais autrement. »

Ils riaient à se tordre.

« On ne t'avait jamais dit cela ?

– Si, une fois, répondit la Moucheronne en songeant au soldat qu'elle avait sauvé des griffes de Favier.

– C'est Nounou, sans doute ?

– Nounou ?... »

L'enfant sourit.

« Mais elle ne sait pas parler.

– La négresse a la tête dure probablement, observa l'un des convives ; elle n'a pu encore apprendre le français.

– À quoi cela sert-il d'être jolie ? reprit la petite fille soudain rêveuse, cela n'empêche pas Favier de me battre.

– De te battre ? tu lui fais donc des sottises ? »

Elle secoua la tête :

« Des sottises ? je ne crois pas, je fais tout ce que je peux pour contenter mon maître, et je n'ai jamais blessé une mouche.

– Alors, pourquoi te fait-il souffrir, ton maître ?

– Il est souvent en colère et il n'a que moi à frapper. Rose sa servante est partie.

– Et Nounou ?

– Oh ! il ne touche jamais à elle ; il n'oserait.

– Pourquoi ? elle se fâcherait ?

– Elle mordrait.

– Bigre ! comme elle y va ta nourrice ! »

La Moucheronne découvrit lentement son cou svelte et ses bras délicats et montra les traces bleues et noires qui les marbraient.

« C'est tous les jours comme cela, reprit-elle, je fais cependant beaucoup d'ouvrage ! »

Elle soupira et rattacha son fichu en loques.

Puis, sans voir la pitié sérieuse soudain empreinte sur le visage de ses auditeurs :

« Allons, je perds mon temps ici et je ne cherche plus Nounou. Si le maître le savait, il me battrait ferme !

– Attends, petite, prends au moins ceci », lui cria le marquis en lui tendant sa bourse.

Mais elle fuyait déjà au loin, légère comme une biche. Tous demeurèrent graves car ils venaient de voir la plus triste des infortunes, l'infortune de l'enfance.

« Il faudrait pouvoir la délivrer de ce maître odieux, suggéra l'un d'eux en tordant sa moustache d'un air perplexe.

– J'y songerai, dit la marquis ; après tout, j'ai le droit de savoir qui vagabonde sur mes terres. »

Ils achevèrent leur repas en silence, rechargèrent leurs armes et s'enfoncèrent de nouveau sous le bois déjà touffu.

Ils n'avaient pas cheminé dix minutes et leur gaieté leur revenait peu à peu sous l'influence du clair soleil et des vins généreux qu'ils avaient bus, lorsqu'ils perçurent un bruit de sanglots étouffés et de lamentations désespérées.

« Bon ! qu'est-ce encore ? Allons-nous rencontrer des malheureux à chaque pas ?

– Nous n'aurons pas grand-peine à soulager celui-ci, s'il est aussi récalcitrant que la petite Bohémienne de tout à l'heure. »

Et voilà que justement celle qui pleurait et gémissait ainsi était la Moucheronne agenouillée dans l'herbe humide auprès d'un grand corps noir étendu sur le sol et qui soufflait péniblement.

« On me l'a tuée ! on me l'a tuée !... criait la pauvre petite dont les larmes ruisselaient comme des perles liquides jusque sur le poil rude de son amie.

– Eh ! bien, s'exclama l'un des chasseurs, il ne manquait plus que de la retrouver en tête à tête avec la louve que nous avons manquée ce matin !

– Pas tant manquée que cela, reprit un autre en indiquant une large plaie rouge, béante dans le flanc de la bête.

– Qu'as-tu donc, petite ? dit le marquis à la fillette. Est-ce que tu vas t'attendrir, maintenant, sur les souffrances d'un animal que nous avons blessé en chassant. »

Elle releva la tête, indignée, et la colère fit flamboyer ses grands yeux débordants de pleurs.

« Vous !... c'est vous qui avez tué Nounou ?

– Nounou ?... c'est... c'était elle ?...

– Je vous ai dit tout à l'heure que je la cherchais. À présent je la retrouve mourante : si c'est votre faute, comme vous dites, vous êtes des méchants et je vous déteste.

– Mais, fillette, firent-ils consternés devant ce chagrin réel, nous ne pouvions pas deviner que cette bête te touchât de si près.

– Elle ne vous avait pourtant jamais fait de mal, ma pauvre Nounou, pourquoi lui en avez-vous fait ? »

Ils ne savaient trop que répondre et essayèrent de lui donner quelques consolations banales, mais la Moucheronne ne les écoutait pas et couvrait de caresses le corps de la pauvre louve.

Tout à coup, les yeux vitrés de celle-ci reprirent vie et elle souleva languissamment sa tête alourdie pour regarder sa petite amie dont elle entendait la voix désolée.

« Elle n'est peut-être pas grièvement blessée, hasarda l'un des jeunes gens ; si nous connaissions un moyen de la soulager...

– J'en sais un, moi, répliqua vivement la Moucheronne ; je connais la mère Manon qui possède un secret pour guérir les blessures ; elle me guérirait bien Nounou, mais Nounou ne peut marcher jusque chez elle, et elle est trop lourde pour que je puisse la porter.

– Messieurs, dit le Marquis en se tournant vers ses compagnons, allons, un bon mouvement ; nous avons été à la joie, il est juste que nous soyons à la peine. Vite, formons une civière pour transporter cette pauvre bête au lieu que nous désignera sa nourrissonne. »

Ce fut prestement fait, et bientôt le fier marquis et ses joyeux compagnons suivirent la petite fille en se relayant pour porter, quatre par quatre, le brancard sur lequel reposait Nounou.

Chemin faisant la Moucheronne leur raconta comment la louve l'avait protégée, nourrie, aimée, et ils ne raillèrent plus ; ils comprirent l'affection étroite qui liait la bête et l'enfant.

Et certes, ils auraient bien ri la veille si on leur eût prédit que l'après-midi du lendemain les verrait formant un cortège pour transporter, avec toutes sortes de précautions, une louve malade chez une vieille femme à moitié sauvage aussi.

Lorsqu'ils furent arrivés à destination et qu'ils eurent déposé dans la modeste cabane l'animal qui gémissait doucement en essayant encore de lécher la main de la Moucheronne, celle-ci leur dit avec un sourire :

« Je vous en ai voulu beaucoup, mais j'espère qu'elle guérira, et vous avez réparé votre faute, aussi je vous pardonne ; allez ! »

Et, d'un geste royal elle leur montra le chemin de la forêt.

Ils seraient volontiers demeurés un instant de plus, intéressés malgré eux à la cure de leur victime, mais on les congédiait, il ne leur restait qu'à s'éloigner.

Ils se promettaient de revenir et de s'occuper de la farouche fillette qui excitait leur curiosité ; mais bah ! les promesses des jeunes gens sont choses futiles, autant en emporte le vent.

Le soir, en devisant à la table du château, ils avaient déjà oublié l'histoire de Nounou ; et ensuite, ils eurent trop d'occupations pour venir explorer la forêt dans le but de retrouver la petite fille à la louve.

Chapitre XII
Sans le vouloir

Six mois se sont écoulés ; la Moucheronne et Nounou continuent à vivre, l'une sous la férule du méchant Favier qui ne s'est pas amendé, l'autre plus libre, mais passant une partie de ses journées à la chasse ou à la maraude pour subvenir à sa propre subsistance et à celle du braconnier.

La Moucheronne a grandi encore embellie de plus en plus ; seulement, à mesure qu'elle comprend mieux les choses, elle souffre infiniment plus de la servitude en laquelle la tient un homme qui n'est pas son père.

Le colosse est devenu plus monstrueusement barbare et égoïste s'il est possible ; à présent, tout en exigeant plus de travail de la pauvre créature dont il fait son esclave, il lui mesure parcimonieusement le pain qu'elle gagne pourtant si durement.

Et la pauvre petite se demande souvent, assise au bord du ruisseau, ses pieds nus pendant sur l'eau et ses yeux brûlant d'un feu intense regardant dans la profondeur des bois, s'il ne vaudrait pas mieux quitter cette forêt qu'elle aime et en même temps cet homme sinistre qui est son bourreau.

Oui, mais où irait-elle ? Et puis Nounou consentirait-elle à quitter ces lieux sauvages ?

Il y a bien Manon à laquelle l'enfant garde une reconnaissance plus grande depuis qu'elle a rappelé la louve à l'existence. Mais Favier est l'ennemi de Manon ; et puis la Moucheronne ne peut aller vivre avec la pauvre octogénaire qui a déjà si juste de quoi se nourrir elle-même.

Si le braconnier pouvait mourir, au moins, la Moucheronne vivrait dans sa cabane, en paix, avec Nounou. Certes, ce serait un bonheur immense, et la fillette le souhaite de toute son âme, car personne ne lui a appris qu'il ne faut jamais désirer la mort d'autrui.

Comment le saurait-elle ?

Et, dans la simplicité de son cœur elle se dit : « Si Favier pouvait mourir je ne serais plus battue et je pourrais souvent voir la mère Manon ! »

Un jour, (vraiment il y avait trop longtemps qu'elle ne l'avait vue,) la Moucheronne quitta la cabane où Favier dormait de son lourd sommeil d'ivrogne, et s'engagea dans la forêt.

Eh bien oui, elle laissait son ouvrage inachevé, elle en avait assez de cette vie-là, elle était révoltée à la fin ; le matin même, il l'avait frappée si rudement que le sang avait jailli de ses lèvres et qu'elle avait cru mourir.

Et elle allait devant elle, à l'aventure, escortée de sa fidèle Nounou qui bondissait joyeusement et prenait machinalement le chemin de la cabane de Manon.

On était en automne et tout était triste alentour ; il n'y avait rien de vivant dans cette solitude dont le silence était absolu. Les feuilles avaient jauni, prenant de ces admirables tons rougeâtres dont octobre les revêt ; la mousse avait séché ; et la Moucheronne était mélancolique parce qu'elle envisageait avec épouvante l'hiver qui venait ; l'hiver avec ses neiges si longues à fondre ; avec le ruisseau gelé dont il fallait casser la glace pour obtenir un peu d'eau. Et puis, le hurlement du vent dans les branches sèches, avait quelque chose de si lugubre ! La louve souffrait de la faim bien souvent, et Favier devenait plus brutal à mesure que la mauvaise saison lui apportait moins d'aubaines.

Et voilà que, tout en songeant, l'animal et la fillette sont arrivés chez Manon ; le visage de la Moucheronne s'éclaire et elle fait à sa compagne un signe de mystère ; elle veut surprendre sa vieille amie ; pour cela, elle contourne la masure jusqu'à une petite fenêtre sans vitres pratiquée sur le mur de derrière ; ses pieds nus ne font aucun bruit sur la terre humide, et la louve s'est couchée sur la mousse, tout essoufflée de sa course.

Mais la Moucheronne s'arrête interdite : des éclats de voix parviennent à son oreille ; certes, elle reconnaît l'accent chevrotant de Manon, mais celui de son interlocuteur a un timbre jeune et mâle ; qui donc peut converser avec elle ? Ce n'est pas Favier, puisque la fillette l'a laissé endormi au logis. Alors qui est-ce ?

Elle ne songe pas à écouter, oh ! non ; seulement la surprise l'a clouée sur place, et son nom ayant frappé son oreille, malgré elle elle se rapproche du cadre de bois ouvert qui sert de fenêtre à Manon.

C'est la pauvre vieille qui parle et elle se plaint amèrement de sa solitude.

« Je sais bien, mon pauvre gars, dit-elle, qu'il ne serait pas prudent pour toi de venir habiter ici ; la forêt même n'est pas assez sûre, mais mes bras deviennent plus débiles de jour en jour, et si la paralysie me prend, un de ces matins on me trouvera morte ici ; ou du moins on ne me retrouvera même pas, car personne ne vient jusqu'à moi. Le boulanger qui me fournit deux pains par semaine en échange d'une petite provision d'herbes que je lui fais, les dépose tous les lundis chez le garde où je vais le chercher. Mais quand mes jambes ne pourront plus me porter...

– Mais, mère, n'y a-t-il pas au pays une pauvre orpheline qui consentirait à faire votre ménage ? Tenez, ce sacripant de Favier qui a cependant bien la force de se servir lui-même, se décharge de ce soin sur une enfant qu'il ne ménage pas, je crois.

– Tu as raison, il la fait travailler dur et n'est pas avare de coups envers elle. Une fois déjà, j'ai dû soigner la pauvre Moucheronne.

– Il l'appelle la Moucheronne ?

– Oui, depuis bientôt douze ans qu'il l'a chez lui.

– Et l'enfant a quel âge ?

– Elle va sur ses treize ans, ma foi ! car elle n'était pas même sevrée lorsque Favier l'a recueillie.

– Treize ans, oui c'est cela, ce doit bien être cela.

– De quoi veux-tu parler ?

– Vous ne connaissez pas l'histoire de la petite ; parbleu ! Favier n'est pas si bête que de vous la raconter.

– Alors, dis-la-moi, toi.

– Oh ! C'est très simple. Le braconnier et deux ou trois de ses camarades ont arrêté un soir une voiture qui longeait la forêt ; ils ont tué le cocher et le voyageur que cette voiture transportait je ne sais où, et ils ont trouvé un petit enfant dont Favier s'est chargé ; ses amis pensaient qu'il l'avait noyé, mais vous voyez, il a mieux fait, il a utilisé le poupon.

– Alors, fit la vieille femme qui n'était pas trop étonnée, la Moucheronne est sans doute l'enfant de parents riches et...

– Riches, je ne crois pas ; Andréino qui a pris part à l'affaire et qui me l'a contée ensuite, m'a dit qu'on avait trouvé peu d'argent sur le voyageur ; seulement le pauvre diable avait l'air d'un seigneur et en même temps d'un étranger.

– Et, s'écria Manon en levant au ciel ses mains ridées, c'est pour voler un peu d'or, que l'on tue un chrétien plein de jeunesse et d'espoir peut-être ? que l'on prive un pauvre petit être comme la Moucheronne de la protection de ses parents, de la fortune, des bienfaits de l'éducation !... Et la mère, dans tout cela qu'est-elle devenue ? Y avait-il seulement une mère ? »

L'homme fit un geste d'insouciance.

« Est-ce qu'on sait ? On ne s'en est pas inquiété. Naturellement Favier n'a pas fait rechercher la famille de la mioche.

– Comme je la plains, la pauvre femme, si elle pleure encore son mari et son enfant ! murmura Manon avec mélancolie. Ah ! mon garçon, que ce soit une leçon pour toi. Ce Favier, ça ne lui porte pas bonheur ce qu'il a fait là.

– Non, ça ne lui portera pas bonheur ! » répéta à voix basse la Moucheronne toujours cachée derrière la cabane.

Sans le vouloir elle avait tout entendu.

Et elle restait là debout, pâle comme une morte, les yeux étincelants, les dents serrées...

Les voix continuaient leur conversation dans l'intérieur de la maisonnette, mais leurs paroles ne parvenaient plus à ses oreilles bourdonnantes.

Que lui importait maintenant ce que l'on pouvait dire, elle en savait assez.

Et elle n'entra pas chez la mère Manon.

Sans bruit, comme elle était venue, elle s'en alla et la louve la suivit étonnée de cette singulière promenade.

Ce jour-là, la forêt n'avait plus son attrait habituel pour la fillette ; elle n'entendait ni les derniers chants des oiseaux, ni les bruissements si doux du feuillage ; elle ne voyait pas ce dernier sourire de l'été, luire dans les parfums humides, dans les fleurettes blotties, déjà frileuses, dans la mousse, ni les rayons d'or du soleil.

Elle allait droit devant elle, les prunelles fixes, la démarche automatique, sans donner une caresse à Nounou surprise de cette froideur inusitée.

De temps à autre, à travers ses lèvres contractées, passait une exclamation rigide :

« Mon père, tu vas être vengé. » Qu'allait-elle faire ?

Chapitre XII

Chapitre XIII
Où Nounou rit dans sa barbe et où Favier ne rit pas

L'enfant et la bête arrivèrent ainsi jusqu'à la cabane du braconnier ; la Moucheronne ne sentait pas la fatigue, elle ne sentait que son courroux.

Au lieu d'ouvrir la porte, craintivement comme à l'ordinaire de peur d'être accueillie par une injure ou par des coups, elle entra d'un pas ferme, en maîtresse pour ainsi dire.

Son ennemi dormait toujours, couché sur le lit de fougères sèches, et la Moucheronne le contempla, la lèvre relevée par un sourire de mépris, un sourire qui eût fait frissonner Favier s'il l'eût vu.

Elle considéra ce colosse, hideux dans son repos comme dans ses fureurs ; cette tête rousse et bestiale dont la bouche largement fendue s'ouvrait, montrant toutes ses dents de carnassier.

« À mon tour », murmura-t-elle très bas.

Du geste elle appela Nounou, et, lui montrant l'homme, ignorant du châtiment qui l'attendait :

« S'il bouge, souffla-t-elle, étrangle-le. »

Nounou dut comprendre car ses yeux brillèrent, et elle se tint en sentinelle auprès du lit.

La Moucheronne décrocha du mur la lanière de cuir qui avait servi tant de fois à la châtier de fautes qu'elle n'avait point commises. Puis, prenant deux fortes cordes jetées dans un coin, elle attacha solidement les deux mains velues de Favier.

Cette opération ne pouvait moins faire que d'éveiller le dormeur. Il commença à s'agiter et à jurer, la langue encore épaisse et les yeux encore voilés.

L'enfant ne lui laissa pas le temps de jouer des jambes et, avec une vigueur que l'on n'eût pas attendue de ses doigts menus, elle lia également les deux pieds du misérable que la louve tenait en respect.

« Par les cornes du diable, satanée Moucheronne, qu'est-ce que tu fais donc ? Est-ce que tu deviens folle ? Fais-moi le plaisir de me... »

Il s'arrêta soudain : jamais il n'avait vu une telle expression sur le visage de la petite fille, même aux jours où il l'avait le plus battue et injuriée.

« La Moucheronne, voyons, la Moucheronne, qu'est-ce que tu as ? Tu es malade, bien certainement. Ôte-moi vite ces cordes qui me coupent la chair ; tu as voulu plaisanter, mais délivre-moi vite et fais sortir cette vilaine bête qui me regarde avec des yeux si drôles. »

La Moucheronne ne remua pas et continua à fixer, elle aussi, ses prunelles flamboyantes, sur son bourreau maintenant à sa merci.

« Non je ne te délivrerai pas, lâche assassin, dit alors l'enfant d'un ton posé, et très net. Je ne te délivrerai pas et je vais te punir comme tu le mérites !...

« Ah ! tu ne te doutes pas de tout ce que je sais, ajouta-t-elle en se croisant les bras dans sa colère magnifique, tu crois que je vais continuer à courber la tête sous ton joug injuste et odieux parce que je ne suis qu'une pauvre fille sans parents et sans amis ? Sans parents et sans amis, oui en effet, et cela parce que tu as tué mon père, tu entends, misérable, lâche, démon ! tu as tué mon père, mon pauvre père qui ne t'avait jamais fait de mal ; du même coup tu m'as peut-être enlevé ma mère ; tu as fait de moi moins encore qu'une servante, une esclave, et si je ne suis pas devenue idiote avec tes mauvais traitements, c'est qu'un jour devait arriver où tu recevrais le châtiment de tes crimes. Ce jour est venu : regarde-moi, ai-je l'air de plaisanter. Ah ! oui, plaisanter, tu vas voir. Nounou, tiens bon ! »

Et tandis que l'homme, se tordant sur le lit, essayait de rompre ses liens, elle lui cingla le visage de sa lanière de cuir. Il hurlait, il écumait de rage, il blasphémait, mais cette justicière de treize ans, implacable comme la justice, continuait à sévir d'un bras qui ne se fatiguait pas.

Alors, voyant son impuissance, le lâche essaya de capituler :

« Voyons, ma petite fille, tu es un peu en colère et cela se comprend, je n'ai pas toujours été envers toi très... très doux, enfin ; mais tu m'as assez frappé, voyons ; cesse ce jeu et je te promets que je ne te tourmenterai plus ; tu seras même très heureuse, très gâtée, je te donnerai des bonbons et de belles robes, tu verras ça ! »

Au fond de lui-même il disait :

« Attends, c'est toi qui va en danser une dès que j'aurai les pieds et les mains libres : je t'écraserai sous mon talon, vipère, vermine, et tu ne reverras pas souvent la lumière du soleil ! »

Il pensait cela, l'hypocrite, seulement il continuait à supplier :

« Allons, fillette, laisse-là ton fouet ; je te jure de ne plus jamais te frapper. »

Mais la Moucheronne haussait les épaules :

– Je vous connais trop pour avoir foi en vos promesses ; si je vous délivrais vous me tueriez. Et puis, quand même vous seriez bon, cela me rendrait-il mon père ? Vous l'avez assassiné, je veux qu'il soit vengé, vous mourrez donc. »

Alors, hideux de fureur, vomissant le blasphème et l'injure, l'homme essaya d'exciter la louve contre l'enfant : peine perdue, Nounou se tournait au contraire davantage contre lui et menaçait d'enfoncer ses crocs dans sa gorge.

Le sang commença à couler, aveuglant Favier et rougissant sa blouse bleue..... Cette fois il se tut et, de sa poitrine râlante, s'éleva un gémissement continu.

Alors la fillette jeta au loin son fouet, et se mit à amasser, tranquillement autour du lit des branchettes et des feuilles sèches ; puis elle y mit le feu.

Depuis longtemps le soleil était couché ; nul n'assistait à cette sombre besogne accomplie par une enfant qui avait sucé la férocité avec le lait de la louve.

Dans cette nuit sinistre, un cri épouvantable s'éleva avec la flamme rouge : Favier comprenait toute l'horreur de la mort qu'il allait subir.

On entendit un crépitement, des plaintes étouffées ;... puis, plus rien : cette masure flambait comme un paquet d'allumettes.

Au-dehors la louve hurlait lamentablement, et la Moucheronne, debout sous les arbres éclairés d'un reflet sanglant, demeurait immobile et muette, frappée d'épouvante.

Le remords entrait dans son âme ; l'incendie est chose terrible et mourir dans les flammes est une fin tragique.

À présent qu'elle avait sous les yeux ce spectacle, à la fois grandiose et terrifiant, elle comprenait qu'elle avait fait un action horrible.

Mais comment réparer le mal ? Comment éteindre le feu ; avec quoi jeter l'eau du ruisseau sur ce brasier incandescent ?

La Moucheronne eût donné beaucoup pour savoir Favier sain et sauf bien loin de la forêt. Mais encore une fois, il était trop tard.

Tout à coup, ô terreur, une espèce de géant tout noir, râlant, sortit en rampant de la cabane embrasée, et vint rouler et s'affaisser aux pieds de l'enfant muette d'horreur.

C'était Favier qui, dans un effort désespéré, avait réussi à rompre ses liens ; mais il agonisait. Ses chairs calcinées exhalaient une odeur insupportable. Surmontant sa répugnance, l'enfant se baissa.

« Favier, pardonnez-moi », murmura-t-elle.

Mais elle ne sut jamais si son bourreau, devenu tout à coup sa victime, avait levé sur elle un dernier regard de pardon ou de haine.

Le braconnier ne vivait plus.

Toute la nuit, la pauvre petite demeura, pâle et glacée, assise au bord du ruisseau, sa petite main sur la croupe maigre de la louve, regardant de ses yeux épouvantés, le cadavre de l'homme et les ruines fumantes de la cabane.

De temps à autre une chouette attirée là par la lueur de l'incendie, effleurait, en volant, les cheveux noirs de l'enfant. Alors elle frissonnait et se serrait davantage contre Nounou.

Enfin, cette nuit terrible eut un terme ; l'aube parut ; alors, détournant les yeux de ce spectacle de mort et de désolation, la Moucheronne s'enfuit, et s'enfonça dans le bois encore sombre suivie de la louve.

Chapitre XIV
L'or maudit

Manon dormait profondément ; elle avait veillé tard la veille en causant avec son gars qui était reparti avant le lever du soleil.

Elle ne s'éveilla même pas quand la porte s'ouvrit doucement et qu'une forme svelte et mignonne entra dans la cabane.

La Moucheronne fit signe à la louve de se coucher sur le sol, et elle-même, accablée de fatigue, essaya de se reposer ; mais elle ne le put.

Elle avait toujours devant les yeux le fantôme de Favier mourant et mourant par sa faute ; puis la pauvre masure s'effondrant dans un amas de décombres rouges.

Aussi, au sortir de son sommeil, Manon la trouva assise, songeuse, les yeux brillants et hagards, les pommettes enfiévrées.

« Toi ici, petite ? » dit-elle joyeusement.

L'enfant ne répondit pas par son sourire habituel ; elle tourna lentement la tête du côté de la vieille femme et resta muette.

« Favier n'est donc pas chez lui ? reprit celle-ci étonnée de ce silence. T'a-t-il tourmentée de nouveau ?

– Favier ne me tourmentera plus jamais, dit alors l'enfant d'un ton farouche, Favier est mort.

– Mort, comment cela ? fit Manon en se rapprochant curieuse.

– C'est moi qui l'ai tué.

– Toi ? Toi ? Non, ce n'est pas possible ! regarde-moi ma fille. As-tu bien toute ta raison ?

– Je l'ai toute entière.

– Et tu l'as tué ?

– Oui.

– Comment cela ?

– Il dormait ; je lui ai lié les pieds et les mains et je l'ai frappé ainsi qu'il m'avait frappée tant de fois. Ensuite...

– Eh ! bien, ensuite ? »

L'enfant détourna les yeux, honteuse.

« J'ai mis le feu à la cabane et... c'est ainsi qu'il est mort.

– Tu as fait cela, toi ?

– Oui.

– Pourquoi ? Il t'avait battue de nouveau ? »

Elle fit signe que non.

« Injuriée alors ? et, dans un mouvement de colère, révoltée à la fin, tu as... »

La Moucheronne releva ses grands yeux sombres sur la vieille femme et répondit tranquillement :

« Il avait tué mon père, j'ai vengé mon père.

– Ah ! s'écria Manon, qui t'a appris cette histoire ?

– Hier soir, votre fils vous la racontait ici ; j'étais là, tout près, j'ai tout entendu.

– Seigneur Dieu ! si j'avais su ! dit Manon qui demeura songeuse. »

Au bout d'un instant elle reprit :

« Que vas-tu faire ? »

La fillette répondit doucement :

« Mère Manon, voulez-vous de moi pour servante ?

– Toi ?

– Oui. Je suis forte, croyez-moi. Favier m'a habituée à travailler dur.

– Je n'en doute pas. Mais ici, tu auras peu d'agrément, pauvre petite.

– En avais-je donc beaucoup chez Favier ?

– C'est vrai. Seulement à présent que te voilà grandelette tu pourrais aspirer à gagner honorablement un peu d'argent à la ville ; tu y aurais des compagnes, des amies... »

La Moucheronne haussa légèrement les épaules.

« Qu'ai-je à faire à la ville ? La forêt me suffit ; les hommes sont méchants ; je n'aime que vous et Nounou.

– Cependant...

– Alors, vous ne voulez pas de moi ? demanda brusquement la fillette.

– Si, je le veux !

– Je ne désire que vivre entre vous deux : Nounou et vous êtes ma famille.

– Soit », dit la vieille femme.

L'enfant tendit ses mains fluettes :

« Que faut-il faire ? Je suis prête à me mettre au travail.

– Oui, mignonne, mais avant de t'occuper du ménage, nous avons un grave devoir à remplir. »

Les yeux de la Moucheronne demandèrent :

« Lequel ?

– Favier est mort, reprit Manon, or on ne laisse pas les morts sans sépulture, quels qu'ils soient. Si je n'étais vieille et infirme je me chargerais seule de cette besogne, mais je ne puis. Suis-moi. »

Elles prirent le chemin de la cabane incendiée, Manon s'appuyant sur le bras de la Moucheronne et sur son bâton, et la louve suivant, la tête basse, la queue serrée.

Le cadavre de Favier exhalant une odeur repoussante, était toujours étendu sur le sol noirci, devant les derniers vestiges de la masure.

À cette vue, Manon se signa, et la Moucheronne, frissonnante, détourna les yeux.

Cependant, elle creusa la fosse avec Manon et elle l'aida à y placer les restes informes du braconnier. C'était une rude besogne et elles mirent longtemps à l'accomplir.

Lorsque tout fut achevé, Manon s'agenouilla et récita une prière pour le misérable désormais hors d'état de nuire à qui que ce fût, et la louve hurla lugubrement. Ce fut toute l'oraison funèbre du bandit.

La Moucheronne était pâle et péniblement impressionnée.

Sa vieille amie voulait l'arracher bien vite à ce lieu funèbre, mais elle avait une dernière tâche à remplir : fouillant les décombres du bout de son bâton, elle réussit à soulever un petite amas de plâtre et de bois à demi consumé.

« Tiens, dit-elle en désignant à l'enfant l'angle de la cabane, soulève ce carreau et vois, si au-dessous, tu ne trouves pas quelque chose que le feu aura respecté. »

La fillette obéit et retira en effet un grossier coffret de fer qu'elle remit à Manon.

La vieille femme l'ouvrit sans trop de peine.

« De l'or, dit-elle, je m'en doutais. »

La Moucheronne le regarda avec indifférence.

« Tout cela est à toi, reprit Manon après avoir compté la somme. Tu es riche, mignonne.

– À moi ? fit l'enfant dont les sourcils se joignirent. C'est l'argent de Favier, je n'en veux point. C'est de l'or maudit.

– Pourtant, il nous fera vivre, soupira Manon.

– Qu'est ceci ? interrompit la Moucheronne en montrant du doigt un papier plié en quatre, jauni et couvert de caractères tracés à l'encre, qui se trouvait au fond de la boîte sous les louis alignés.

– Ceci, bon Dieu ! c'est la lettre ; la lettre que je n'ai pu déchiffrer parce qu'elle était écrite dans une langue inconnue. »

Elle ajouta avec émotion, en présentant le papier à la fillette :

« C'est ton père qui a tracé ces mots. »

Les yeux de la Moucheronne étincelèrent ; elle s'empara vivement de la lettre, pour elle, aussi, incompréhensible, et la porta à ses lèvres.

Elle essaya ensuite de deviner les mots qui y étaient inscrits ; puis, impuissante, elle soupira :

« Je ne saurai donc jamais ce qu'il y a là ?

– Donne, dit alors Manon en remettant le précieux papier dans le coffret de fer, il faut garder cela soigneusement ; cela fait partie de ton héritage.

– Je conserverai la lettre, fit la Moucheronne en relevant la tête, mais pas l'or ; c'est pour le voler qu'on a tué mon père ; c'est le bien de Favier, c'est chose maudite ; encore une fois je n'en veux point.

– Qu'il soit donc fait selon ton désir, répliqua Manon en serrant la boîte sous son bras. »

Et, silencieuses, elles retournèrent au logis que l'enfant et la louve ne devaient plus quitter désormais.

Chapitre XV
Ce que Nounou trouva dans la forêt

La Moucheronne demeura donc avec Manon ; la pauvre vieille s'affaiblissait de jour en jour et les services de sa protégée lui devenaient absolument nécessaires.

Jamais l'ancienne souffre-douleur de Favier ne s'était trouvée aussi heureuse ; la vie lui semblait presque chose douce et elle travaillait, le cœur content, sûre maintenant de faire plaisir à sa vieille amie et d'avoir en retour une caresse ou une bonne parole.

C'était elle qui, le matin, faisait le petit ménage, mettait en ordre la maisonnette, trayait la chèvre, et préparait l'humble repas. Puis, elle aidait Manon à s'habiller, cueillait les herbes que lui indiquait la vieille femme, lavait et raccommodait le pauvre linge.

Elle avait quelques instants de récréation, car Manon ne souffrait pas que la fillette s'épuisât au travail comme du temps de Favier ; la Moucheronne profitait donc de ses loisirs pour courir dans le bois avec Nounou ou bien pour songer seule ainsi qu'elle aimait à le faire. Une pensée inquiétante la poursuivait, cependant, au milieu de la quiétude de ses jours et de ses nuits, et jetait un voile sombre sur sa nouvelle existence : elle était une meurtrière puisqu'elle avait tué.

Manon lui avait fait comprendre que Dieu seul a le droit de disposer de la vie et de la mort, et que la vengeance, même celle qui défend un être cher, est chose condamnable.

La Moucheronne y rêvait souvent.

Certes, elle ne regrettait pas la flagellation qu'elle avait infligée à son bourreau, mais ensuite... devait-elle lui donner la mort ?...

Elle le voyait sans cesse, surtout la nuit, venir à elle comme un fantôme, râlant, brûlé, et implorant miséricorde.

Elle n'avait pas eu pitié, elle avait tué.

Il est vrai que si elle avait pris une vie, elle en avait sauvé une autre quelque temps auparavant ; dans la forêt, elle avait détourné un jeune cavalier du guet-apens qui l'attendait. Hélas ! elle n'en était pas moins une meurtrière, même pour avoir voulu faire justice, et cette marque terrible, qu'elle croyait imprimée à jamais sur son front, lui était un supplice. Aussi, dès qu'une occupation absorbante ou pénible ne la captivait plus, la Moucheronne songeait à tout cela.

L'hiver succéda à l'automne, puis le printemps reparut et l'enfant se sentit le cœur plus léger, car il est doux de recevoir les premières caresses du soleil et de la brise attiédie.

Un soir, au déclin du jour, Nounou qui avait été en chasse toute l'après-midi, revint auprès de sa jeune maîtresse qu'elle se mit à tirer par sa jupe de toutes ses forces. Elle revenait sans gibier, et elle devait avoir vu quelque chose d'étrange dans la forêt, car ses yeux semblaient vouloir parler.

« Qu'y a-t-il, Nounou ? dit la fillette en la flattant de la main et en abandonnant son ouvrage. Est-ce encore une troupe de chasseurs qui t'auront poursuivie ? »

Et fronçant le sourcil, elle inspecta de l'œil le poil de sa fidèle compagne.

Mais Nounou n'avait pas été touchée et elle fit entendre un petit grognement d'impatience en tirant de plus belle sur le pauvre jupon fripé.

« Faut-il donc que j'aille avec toi ? » fit l'enfant qui entendait ce langage muet.

La louve alors la lâcha et bondit en avant, se retournant seulement pour voir si la jeune fille la suivait. La Moucheronne se mit en marche avec elle.

Arrivée à un certain carrefour où les arbres s'éclaircissaient, l'animal s'arrêta et poussa un nouveau grognement qui, cette fois, pouvait passer pour de la satisfaction.

Alors la Moucheronne aperçut, étendue à terre et sans mouvement, une jeune fille de son âge ou à peu près, mais plus petite et plus frêle qu'elle.

La pauvre créature était sans doute malade ou blessée et probablement égarée dans ce bois peu fréquenté. Sa tête fine et pâle était renversée dans un flot de cheveux d'or soyeux et bouclés ; son costume était riche et élégant ; sa petite main gantée tenait encore le manche d'un fouet mignon ; enfin, à quelques pas, un âne d'Afrique attelé à une voiture légère comme un joujou, attendait philosophiquement la fin de l'aventure ; son brancard était brisé, et une des roues de la petite voiture en fort mauvais état. Évidemment, il était arrivé un accident dont la jeune fille blonde était la victime.

À la vue de la louve, l'âne manifesta une vive frayeur, mais il ne put se débarrasser de ses entraves, et finit par se rassurer en constatant que le gigantesque animal ne paraissait pas faire attention à lui.

« Est-ce qu'elle serait morte ? murmura la Moucheronne en se penchant sur l'enfant toujours inanimée. C'est une petite fille comme moi, de mon âge peut-être. »

Et elle ajouta dans un élan de naïve admiration :

« Je n'ai jamais rien vu d'aussi joli ! »

Elle osait à peine l'effleurer de ses petites mains brunes ; et cependant, il fallait bien agir.

La Moucheronne était forte, c'était le cas d'user de sa vigueur ; elle souleva dans ses bras la fillette toujours évanouie qui, par bonheur, se trouvait légère et facile à porter ; néanmoins la Moucheronne pliait sous le poids ; elle parvint enfin à la coucher dans la petite voiture, et elle rattacha comme elle put les brancards et la roue ; puis elle prit l'âne par la bride afin de le guider jusque chez Manon.

Il fallut aller très lentement à cause des avaries occasionnées au mignon véhicule, et puis, le pauvre âne tremblait de tous ses membres en se sentant escorté par la louve qui, pourtant, ne daignait pas s'occuper de lui. La petite troupe arriva avec beaucoup de peine à la maisonnette, et grande fut la surprise de Manon en voyant sa petite amie revenir en cet équipage. Quoiqu'elle ne fût pas ingambe, elle aida la Moucheronne à transporter la malade sur son lit, et elle la fit revenir à elle grâce à quelques gouttes d'élixir qu'elle glissa entre ses dents serrées.

La jeune fille ouvrit de grands yeux bleus pleins de douceur et de langueur, mais elle ne questionnait ni ne se plaignait, et son regard allait, étonné, de la vieille femme à la Moucheronne et de la Moucheronne à la louve.

Elle n'avait pas peur ; elle devinait qu'on ne lui voulait que du bien.

« Où souffrez-vous, mon enfant ? lui demanda Manon qui ne voyait aucune trace de blessure sur le visage et sur les bras de la fillette.

– Je crois que c'est au pied gauche ; je ne puis le remuer et j'y ressens une douleur aiguë.

– Voyons cela. »

Manon enleva la bottine et le bas, et découvrit à la cheville délicate et satinée une légère enflure.

« Comment cet accident est-il survenu ? reprit-elle.

– Bien par ma faute, répondit franchement l'enfant ; je ne

connaissais pas encore le bois et maman m'avait enfin permis de me promener dans ses abords avec ma gouvernante. Mais voyant que miss Claddy était lasse et que Casse-Cou, mon âne, avait envie de trotter, j'ai proposé à Miss de s'asseoir sur l'herbe qui borde la route pendant que je ferais un temps de galop dans le bois. Miss y a consenti, mais Casse-Cou n'est pas tous les jours docile ; il m'a emmenée très loin bon gré mal gré et a été butter contre un arbre dans la clairière ; je suis tombée et je ne sais plus ce qui s'est passé. Si je suis demeurée longtemps évanouie la pauvre Miss sera retournée au château croyant que je l'y aurai devancée, quoique je n'aie pas l'habitude de lui jouer de ces tours-là. Ne me trouvant pas à la maison, on va être horriblement inquiet. Si je pouvais marcher...

– C'est impossible, mademoiselle, mais je puis envoyer voir à la place où vous avez laissé votre gouvernante.

– Ce serait inutile, je suis sûre que Miss ne me cherche pas dans le bois ; elle doit être déjà rentrée et Dieu sait dans quelle angoisse ils sont tous !

– Où demeurez-vous ?

– Au château de Cergnes, à quelques kilomètres de la forêt ; donc plus loin que le village. Si je pouvais remonter sur Casse-Cou !...

– Ce serait une imprudence que je ne vous laisserai pas tenter. Si vous faisiez une seconde chute je ne répondrais plus de votre pied ; vous avez assez d'une entorse.

– Alors, que faire ? mon Dieu, mon Dieu ! murmura Mlle de Cergnes en retombant, découragée, sur l'oreiller de crin ; Miss doit pleurer à l'heure qu'il est, et ma pauvre maman en sera malade.

– Vous n'avez pas votre père ?

– Si, mais il est parti dernièrement pour un long voyage.

– Eh bien ! reprit Manon en continuant à frictionner doucement la cheville endolorie, je vais envoyer la Moucheronne rassurer madame votre mère.

– La Moucheronne ? qu'est-ce que cela ?

– La fillette brune que vous voyez là et qui vous a amenée ici

– Oh ! oui, et merci ! fit la malade en se tournant vers la Moucheronne qui la regardait, de ses grands yeux surpris et charmés. Vous avez été bien bonne de me secourir, vous serez meilleure encore d'aller rassurer ma mère.

– Tu entends, petite, dit Manon, tu vas courir au château de Cergnes et...

– Moi ?... s'écria l'enfant avec terreur.

– Mais oui, tu vois bien que je ne le puis, moi ; donc il n'y a que toi pour remplir cette mission : tu diras, là-bas, que la petite demoiselle s'est égarée dans la forêt, qu'elle y a fait une chute, sans gravité heureusement, mais qui lui a foulé le pied, et qu'elle est en sûreté chez moi où l'on viendra la chercher.

– Mais... mère Manon, vous voulez que j'aille là-bas ?... Vous savez bien que je n'ai jamais dépassé la limite du bois.

– Tu la dépasseras aujourd'hui ; il faut bien que tu t'habitues enfin à voir des êtres humains ; tu es par trop sauvage aussi, ma fille. Allons, va, on ne te fera pas de mal et tu rendras service à mademoiselle de Cergnes. »

La Moucheronne demeurait toujours immobile, le front plissé, les lèvres serrées.

Aller au château, elle ?... Quitter la forêt, fût-ce pour une heure seulement ?

Impossible ; elle aimait mieux qu'on la battît. Mais la malade tourna vers elle des yeux si suppliants que la farouche créature finit par consentir à ce qu'on demandait d'elle.

Mlle de Cergnes lui expliqua le plus court chemin à prendre de la forêt au château, puis l'attirant à elle, elle passa ses bras de neige autour du cou brun de la sauvage fillette et l'embrassa de toutes ses forces.

La Moucheronne se releva toute rose de plaisir et, les yeux brillants elle sortit, suivie de sa fidèle Nounou, et se répétant, tout en marchant à pas pressés :

« Celle-là est bonne autant que belle et je l'aime. Elle m'a embrassée, moi, moi la Moucheronne, comme si j'eusse été une demoiselle comme elle. Je ferai tout ce qu'elle voudra, même s'il m'en coûte beaucoup. »

Et elle hâtait le pas afin d'arriver plus vite. Pauvre Moucheronne et pauvre Nounou ! elles ne savaient pas ce qui les attendait là-bas.

Chapitre XVI
Nous avons vu le diable et sa fille

Depuis une heure environ le ciel s'était couvert et l'on entendait au loin gronder le tonnerre ; un souffle chaud et lourd agitait les feuilles ; l'orage arrivait, et l'on sait que les premiers orages du printemps sont souvent les plus violents.

Peu à peu de gros nuages cuivrés s'amoncelèrent amassant l'électricité ; l'obscurité se fit d'autant plus intense qu'on arrivait à l'heure du crépuscule.

Mais la Moucheronne n'avait pas peur, et elle continuait bravement sa marche sans souci du vent brûlant qui lui jetait la poussière au visage, ni des éclairs fulgurants qui ne lui faisaient point fermer les yeux.

La tempête éclatait dans toute sa force, lorsque l'enfant et la louve arrivèrent au château de Cergnes. La Moucheronne ne savait pas ce que c'était que de sonner à une porte ; elle trouva une grille ouverte, la franchit et enfila une longue avenue plantée de marronniers ; elle traversa le parc et enfin s'arrêta devant un perron de pierre orné de chaque côté de caisses d'orangers.

Elle s'apprêta à en gravir les marches avec Nounou.

Elle avait pu ainsi parvenir jusque-là parce que, en ce moment justement, la maison était sens dessus dessous ; les portes demeuraient grandes ouvertes ; les domestiques restés au château allaient et venaient, effarés, tandis que les autres couraient à la recherche de leur jeune maîtresse disparue depuis quelques heures.

Miss Claddy, surmontant sa fatigue, éplorée et gémissante, accompagnait Mme de Cergnes à travers le parc où l'on espérait retrouver la jeune fille.

Aussi ne fut-ce pas la châtelaine que la Moucheronne vit en arrivant, mais bien Mlle Sophie, la femme de charge, dont la taille massive et lourde apparut sur le perron pour tenter, entre deux éclairs, d'interroger l'horizon.

« Êtes-vous madame de Cergnes ? dit tout à coup une voix fraîche et sonore au bas de l'escalier de pierre.

– Si je suis madame de Cergnes ? répéta la digne matrone

évidemment flattée de la méprise, en mettant sa main au-dessus de ses yeux pour apercevoir dans l'obscurité, celle qui avait prononcé cette question.

– Oui, j'ai besoin de lui parler immédiatement », continua la fillette en posant le pied sur la première marche du perron.

La jeune fille blonde lui avait dit :

« Tu demanderas ma mère », et elle obéissait strictement.

Mais au même instant, un éclair déchira le ciel dans un zig-zag de feu, et montra, sur un fond de lumière fantastique, deux formes étranges : celle d'une petite fille accoutrée d'une manière bizarre, aux yeux immenses et luisants, et celle d'un animal gigantesque aux prunelles flamboyantes.

Épouvantée, la femme de charge poussa, tout en se signant, un cri terrible qui fit surgir à ses côtés la valetaille restée au château.

« C'est le diable ! c'est le diable ! hurlait M{^lle} Sophie en proie à une furieuse crise de nerfs. »

En vain la Moucheronne, élevant la voix, essayait de se faire entendre ; un deuxième éclair la dessina aux yeux qui tâchaient de percer l'ombre, et les domestiques firent chorus avec la femme de charge.

« Arrière, diablesse ! crièrent-ils à l'enfant stupéfiée de cet accueil. »

Elle voulut monter jusque vers eux, mais ils coururent chercher qui, un balai, qui, une broche de cuisine, qui, un pique-feu, et revinrent, ainsi armés, au seuil du vestibule où M{^lle} Sophie, à moitié pâmée, prononçait quelques paroles destinées à repousser maître Satan.

Le cuisinier avait apporté une lanterne dont la lueur vague montra, moins nettement que le faisaient les éclairs, les silhouettes sombres de la jeune fille et de la louve.

Alors ce fut un tapage infernal de clameurs indignées et de cris de terreur ; devant ces bras furieux, brandissant de singulières armes, la Moucheronne recula, mais sans tourner le dos à l'ennemi ; Nounou, le poil hérissé, l'œil furibond, grinça des dents et gronda.

Alors, ils lui jetèrent des pierres ; l'une d'elle atteignit la Moucheronne au bras.

« Ils vont me tuer Nounou », pensa-t-elle.

Elle ne craignait pas pour elle-même, mais voyant un valet moins poltron que ses camarades, brandir un pique-feu au-dessus de la pauvre bête, elle prit sa course emmenant la louve et poursuivie par les huées et les projectiles des assaillants.

Elle était bien lasse, et sombre comme le ciel qui versait à présent des torrents d'eau, lorsqu'elle regagna la cabane de Manon.

La vieille femme veillait sa malade, maintenant assoupie malgré le fracas de l'orage, et elle accueillit la Moucheronne en lui faisant signe de parler bas.

« Et puis ? dit-elle en se penchant vers l'enfant dont elle tâta les vêtements ruisselants ; tu es allée au château ? Vient-on chercher la petite demoiselle ?

– Non, fit la Moucheronne, toujours sombre, ils ne savent pas où elle est.

– Tu n'as donc pas rempli ta mission ?

– Ils l'ont pas voulu me le permettre.

– Comment, ils ? Tu n'as donc pas demandé madame de Cergnes ?

– Je l'ai demandée, ainsi que vous me l'aviez recommandé, mais dès que j'ai ouvert la bouche, ils se sont tournés contre moi et m'ont menacée ainsi que Nounou ; ils nous ont même jeté des pierres.

– Ils ? c'étaient les domestiques, n'est-ce pas ?

– Je l'ignore, c'étaient des hommes et des femmes qui se sont assemblés au haut d'un escalier très éclairé dans le fond.

– C'est cela, ils t'auront prise pour une vagabonde, une mendiante, avec ses pauvres vêtements et sa louve. Mon Dieu, mon Dieu ! que faire ? murmura Manon découragée. Ainsi, tu es revenue sans avoir pu rien dire ? Tu as eu peur de ces gens ?

– Je n'en avais pas peur, mais ils ont voulu faire du mal à Nounou, et...

– Pourquoi l'as-tu emmenée, aussi ?

– Vous savez bien qu'elle me suit partout, répondit gravement la Moucheronne. Mais les hommes sont méchants, j'avais bien raison de le dire, vous en voyez la preuve encore une fois, mère Manon.

– Et la comtesse se désole, poursuivit la vieille femme sans écouter

Chapitre XVI

la fillette ; mon Dieu, que faire ? Ah ! petite, si tu voulais !...

– Retourner là-bas, dit Manon en hésitant.

– Là-bas, au château ?

– Oui, sans Nounou, cette fois, car elle effraie ceux qui ne la connaissent pas. La petite demoiselle te remettrait un billet avec lequel on te laisserait entrer ; ça doit savoir écrire, ces enfants de riches.

– Je ne retournerai jamais vers ces gens », répondit la Moucheronne en se levant.

Et Manon vit qu'elle était inébranlable. C'était la première fois que la fillette lui refusait un service, et elle était si sauvage et avait une si profonde horreur des êtres humains à quelques exceptions près, qu'il fallait bien lui pardonner cela.

Manon soupira et se mit à songer aux moyens de faire savoir au château que Mlle de Cergnes se trouvait sous son toit.

Elle ne voulait pas éveiller la petite malade pour lui apprendre sa déconvenue, et elle était fort perplexe.

Nounou s'étala près du poêle pour sécher sa fourrure mouillée, et la Moucheronne se mit à vaquer sans bruit aux soins du ménage.

Cependant, Mme de Cergnes et miss Claddy, attirées par le bruit que faisaient les domestiques à la vue de la Moucheronne, rentrèrent au château et la comtesse interrogea ses gens.

« Ah ! madame la comtesse, répondit Mlle Sophie à peine revenue de sa terreur, nous avons eu grand-peur, nous avons vu le diable et sa fille. »

Mme de Cergnes haussa légèrement les épaules, et, se tournant vers le valet le plus rapproché d'elle :

« Que signifient ces paroles, Joseph ? Qu'est-il arrivé ? répondez donc. »

Joseph, un peu piteux, raconta alors la scène que nous avons dépeinte, ajoutant que c'était bien réellement Satan en personne qui leur était apparu au milieu de l'orage avec une espèce de sorcière, sa fille probablement.

« Et il a demandé à me parler ? ajouta ironiquement la châtelaine. Ah ! malheureux ! vous ne comprenez donc pas que l'enfant qui est arrivée inopinément et vous a effrayés sans le vouloir, m'apportait peut-être des nouvelles de ma fille et venait peut-être me dire où elle se trouve, malade, blessée ?... »

La pauvre femme, après une pause, reprit avec énergie :

« Nous passerons la nuit à la chercher ; qu'un d'entre vous seulement garde la maison avec Sophie qui est absolument incapable de remplir tout autre office. Les autres me suivront, nous explorerons la forêt, je veux retrouver ma fille. »

Tous obéirent tandis que Mlle Sophie, les nerfs encore ébranlés, murmurait entre ses dents jaunes :

« Madame la Comtesse a bien tort de ne pas nous croire ; il ne faut pas jouer avec les choses surnaturelles ; nous avons certainement vu Beelzébuth et quelqu'un de sa famille, et je m'en souviendrai toute ma vie. »

Sur ce, elle se retira à la cuisine pour boire quelque réconfortant, et elle alluma deux cierges pour conjurer le malin esprit.

Chapitre XVII
Casse-cou

Il arriva que, à l'aurore, messire Casse-Cou qui ne se sentait pas à l'aise dans l'étable de la mère Manon, séparé de la formidable louve par une mince cloison, donna un coup de pied dans la petite porte qui céda, et se trouva dehors, enchanté de respirer l'air pur et de pouvoir gambader à son aise.

L'orage était dissipé depuis longtemps ; le ciel avait recouvré sa sérénité et la pluie avait rafraîchi le sol et les plantes.

Mme de Cergnes et ses gens n'avaient pas encore battu la forêt tout entière ; il avait fallu faire halte par deux fois, car la pauvre mère s'était évanouie de lassitude et d'angoisse ; mais, cette faiblesse passée, elle recouvrait son énergie et montrait le chemin aux autres.

Tout à coup, miss Claddy poussa une exclamation de joie : elle venait d'apercevoir Casse-Cou, qui, les quatre fers en l'air, se roulait dans l'herbe odorante, aussi léger de corps et d'esprit que s'il n'eût pas eu sur la conscience la chute de sa petite maîtresse.

C'était un indice, certainement, mais rien ne prouvait que l'enfant se trouvât dans ces parages parce que l'âne y était venu folâtrer.

Néanmoins, on continua de fouiller les profondeurs du bois, emmenant Casse-Cou qui ne pouvait malheureusement rien leur apprendre.

Ce fut au tour de Joseph le valet de chambre de jeter un : « Ah ! » de surprise : sous ses yeux apparaissait la petite Bohémienne entrevue la veille à la lueur des éclairs ; elle était assise, toute songeuse, sur le tronc moussu d'un hêtre renversé par la foudre, ses cheveux noirs flottant sur son cou brun et ses grands yeux perdus dans une pensée ardente.

Au bruit des pas de Joseph, elle releva la tête, et, apercevant ses ennemis d'hier, elle s'enfuit comme une biche effarouchée.

« Vous l'avez effrayée, dit la comtesse en fronçant le sourcil, laissez-moi l'approcher seule, j'en tirerai peut-être quelque renseignement. »

Mme de Cergnes, laissant ses gens derrière elle, s'avança doucement, et, avec des signes de bienveillance et de prière, elle appela à elle la petite sauvage.

La Moucheronne ne fuyait plus, mais elle n'approchait pas non plus.

Elle regardait, étonnée, cette femme pâle vêtue élégamment quoique sa robe de soie fût déchirée et souillée par les ronces et par la boue de la forêt. Cette femme était jeune encore, belle et blonde comme Mlle de Cergnes, et il y avait une douleur intense au fond de ses yeux bleus cernés profondément. La comtesse étendit sa main blanche et effilée vers l'enfant que d'un geste caressant elle attira vers elle.

Doucement séduite, la Moucheronne se laissa gagner, et, considérant toujours fixement l'étrangère :

« Vous êtes la maman de la petite demoiselle, n'est-ce pas ?

– La petite demoiselle ? Quelle petite demoiselle ? s'écria la comtesse avec une joie passionnée. Oh ! tu parles sans doute de ma fille. Alors, si tu le sais, appends-moi vite où elle est ; je t'en supplie, je te donnerai... non plutôt je t'aimerai comme une seconde enfant. »

Et elle embrassait le petit visage hâlé de la Moucheronne, elle la pressait dans ses bras, elle caressait sa chevelure inculte et rebelle.

« Dis-moi où elle est, dis-le-moi ! » répétait-elle à demi folle.

Sans répondre, la Moucheronne la laissait faire et se disait :

« C'est comme cela que les mères aiment leurs enfants ; oui, c'est comme cela.

« Où elle est ? fit-elle, sortant enfin de sa rêverie ; pas bien loin d'ici, suivez-moi, je vais vous y conduire. »

La Moucheronne n'avait plus peur ; elle parlait d'une voix douce et ne haïssait point cette étrangère qui ne lui voulait pas de mal et qui était si belle et si triste.

Au détour d'un sentier, la comtesse qui, très faible, s'appuyait au bras de la Moucheronne, poussa un léger cri d'effroi ; elle venait d'apercevoir la louve qui courait à leur rencontre.

« N'ayez pas peur, c'est Nounou », dit la Moucheronne en appelant l'animal du geste.

Nounou vint flairer la robe de Mme de Cergnes, et, reconnaissant une alliée sans doute, elle dressa les oreilles en signe de satisfaction et précéda le petit groupe à la cabane.

« Mon enfant, demanda la comtesse à la fillette en cheminant, c'est vous qui êtes venue hier soir au château ?

– C'est moi, répondit l'enfant.

– Vous veniez m'apprendre, n'est-ce pas, où était ma fille ?

– Oui.

– Et mes gens vous ont mal accueillie ?

– Ils nous ont jeté des pierres et menacées de leurs bâtons.

– Ce sont des ignorants et des poltrons ; il faut leur pardonner. Ah ! si je m'étais trouvée là, quelle nuit d'angoisse m'aurait été épargnée ! Ainsi, vous m'affirmez que Valérie n'est que légèrement blessée ?

– Très légèrement ; mère Manon appelle cette blessure une entorse.

– Dieu soit loué ! » murmura la comtesse avec ferveur.

« Elle prie Dieu comme Manon le fait, pensa la Moucheronne,

ainsi il doit être bon puisqu'il n'y a que Favier et ses amis que j'aie entendu le maudire. Je crois que je pourrai aussi aimer Dieu. »

« Maman ! c'est maman ! s'écria Valérie de Cergnes en se soulevant sur son lit et voyant entrer sa mère. »

Le mouvement qu'elle fit lui arracha un cri de douleur, car elle avait remué son pied meurtri.

« Ma fille chérie ! ma Valérie, enfin je te retrouve donc ! disait Mme de Cergnes en couvrant de baisers la fillette. »

Et la vieille Manon dut la soutenir dans ses bras, car la pauvre mère, à bout de forces, ne pouvait plus dominer son émotion.

Debout, à quelques pas de là, la Moucheronne assistait à cette scène, son grand œil humide fixé sur elles, et cette pensée lui venait à l'esprit :

« Si j'avais eu ma mère, moi, elle aurait aussi pleuré de joie comme cela en me retrouvant. »

On se raconta de part et d'autre les péripéties de la veille et de la nuit, et Mme de Cergnes songea à envoyer chercher la pauvre miss Claddy qui, après de mortelles inquiétudes, avait bien droit aussi à sa part de joie.

Puis, on combina ensemble un moyen de transporter la petite blessée sans la faire souffrir, et la comtesse renvoya ses gens au château avec ordre d'en ramener la voiture la plus douce.

Pendant qu'ils obéissaient, Mme de Cergnes apprit de la mère Manon l'histoire de la Moucheronne. Seulement la mémoire de la vieille femme était déjà affaiblie et vacillante car elle omit de mentionner l'existence de la fameuse lettre gisant au fond du coffret de Favier.

Chapitre XVIII
À Cergnes

« Vous voudriez cela, vous, mère Manon ?

– Oui, ma fille, je le voudrais. »

La Moucheronne soupira faiblement et murmura .

« Je croyais que vous m'aimiez : je me suis trompée.

– Mais je t'aime, la Moucheronne, je t'aime tendrement, comme une mère.

– Comme une mère, non, fit nettement la fillette. Voyez si madame de Cergnes consentirait à se séparer de sa fille, elle : Jamais, au grand jamais.

– Tu ne comprends donc pas, ma mignonne, que ce que je fais là est pour ton bien. Certes, il me serait doux de te garder toujours près de moi, de t'avoir pour me soigner et pour me fermer les yeux, car je ne te cache pas que je me sens m'en aller tout doucement ; mais il est de mon devoir, tu entends, de mon devoir, de te préparer à une autre vie, plus convenable pour une jeune fille comme toi. On t'offre de partager l'existence, l'éducation et les plaisirs de Mlle de Cergnes, d'être traitée comme l'enfant du château ; si je refusais cela pour toi, un jour tu pourrais me le reprocher.

– Oh ! pas une fois, mère Manon, vous ignorez donc que je ne me plais point dans la société des hommes ?

– Jusqu'à présent, parce que tu es jeune et ignorante, ma fille ; mais, je te le répète, un jour viendra où tu seras bien aise de n'être plus une petite sauvage. Et puis, c'est en vain que tu te défends contre toi-même ; tu as de l'affection pour Mme de Cergnes et pour Mlle Valérie, et même pour cette bonne dame qu'on appelle Miss ; elles t'ont témoigné bien de l'amitié toutes les trois. »

La Moucheronne baissait la tête et ne répondait pas.

En effet, au fond d'elle-même, un instant, elle avait aspiré à vivre auprès de Valérie et de sa mère, mais non pour jouir du bien-être qu'on lui avait offert, cela lui était indifférent.

« Alors, reprit-elle cependant, pourquoi avez-vous refusé pour vous la loge de concierge où Mme de Cergnes vous pressait de vous installer ? Vous n'auriez eu presque rien à faire, vous auriez habité une jolie maisonnette et vous auriez été bien nourrie.

– Moi, c'est différent, fillette », répondit la vieille femme courbant son front humilié.

Elle ajouta plus bas :

« Moi, j'expie les péchés d'un autre.

– De votre fils, oui, je le sais, celui-là vous l'aimiez bien comme votre enfant ; mais il n'est pas là pour vous soigner. Qui vous servira si je vais au château ?

– Madame de Cergnes doit m'envoyer une orpheline peu intelligente mais douce, qui a besoin de l'air de la forêt et qui me servira avec dévouement. De plus, elle pourvoira à ma nourriture ; j'aurai du pain blanc et un peu de vin pour réchauffer mon vieux sang. Et puis, tu viendras me voir souvent, mignonne ; voyons, accepte ; dis oui. »

La Moucheronne fit un signe de tête négatif.

« Alors, il faudra t'ordonner, reprit Manon. Mon enfant, tu m'entends bien, tu vas aller chez madame de Cergnes et tu lui diras que je te donne à elle et que je la remercie de ce qu'elle fera pour toi. Dans trois jours, tu prendras possession de la petite chambre qu'elle t'a arrangée près de celle de sa fille ; vois, je t'accorde encore ce temps pour rester dans ma cabane. Promets-lui de toujours la contenter ; n'est-ce pas, ma mignonne, va lui dire cela et ne crains plus de te montrer au château, tu n'y es plus une inconnue ; seulement, n'emmène pas Nounou. »

La Moucheronne n'objecta pas un mot, et, après avoir installé confortablement sa vieille amie dans un bon fauteuil que lui avait envoyé la comtesse, elle prit sa course, seule cette fois.

Depuis quelque temps, elle et Nounou ne quittaient plus ensemble la pauvre infirme. Aujourd'hui, la louve restait au logis, réchauffant de la tiédeur de son corps les pieds refroidis de la vieille femme.

Lorsqu'on n'entendit plus les pas de la Moucheronne, Manon se prit à soupirer :

« Ah ! Dieu clément ! que ce me sera dure chose de ne plus avoir auprès de moi cette jeunesse et ses soins attentifs. Une étrangère ne sera pas pour moi ce qu'est la Moucheronne, et il me faut bien du courage pour éloigner celle-ci de mon toit à l'heure où mes forces déclinent tout à fait. Cependant, je dois me séparer d'elle ; son avenir en dépend, son propre intérêt l'exige. Dieu pourrait me châtier, si je ne profitais de l'occasion qui se présente de la faire instruire et éduquer comme une demoiselle ; la petite a, par elle-même, quelque chose de... de comme il faut ; elle sera à sa place là-bas. Je vous demande ce qu'elle aurait fait plus tard toute seule dans la forêt, séparée de la société et vivant comme une sauvageonne des bois ? Non, ce que j'ai fait est bien et le bon Dieu m'en saura gré. Aussi bien, ce n'était pas moi qui pouvais lui enseigner son catéchisme à cette petite, et elle doit connaître la religion ; elle me pose parfois des questions qui m'embarrassent et auxquelles je ne sais que répondre ; je crois, les yeux fermés, moi, et je n'approfondis pas comme elle. »

Pendant ce temps, la Moucheronne était assise dans le boudoir de Mme de Cergnes, ses petits pieds bruns et nus enfoncés dans la laine épaisse du tapis ; une douce chaleur l'enveloppait, et elle buvait à petites gorgées un liquide exquis que lui avait préparé Valérie, car il pleuvait bien fort et l'enfant avait été transie en route.

Elle souriait à ces soins :

« Je suis accoutumée à tout supporter, disait-elle, le froid, le soleil, les averses, et rien ne m'a fait mal encore. »

Néanmoins, elle éprouvait une vague sensation de bien-être, et conversait avec sa bienfaitrice.

« Enfin, tu vas donc partager la vie de ma fille, lui disait celle-ci. Valérie et moi nous t'aimons, tu le sais, et je te dois beaucoup, car si tu n'avais pas découvert mon enfant évanouie dans la forêt, elle aurait pu être frappée par la foudre ou surprise par un froid mortel en cette terrible nuit où tu l'as amenée chez Manon. Tu possèdes de grandes qualités, ma mignonne, et des défauts aussi, tu le sais ; on tâchera de développer les unes et de faire disparaître les autres ; on te fera connaître le bon Dieu sur lequel tu me sembles n'avoir que des notions très vagues ; on fera de toi une jeune fille bien élevée et instruite, et l'on te mettra à même de gagner honorablement ta vie plus tard. »

La Moucheronne avait un vif désir d'apprendre ce qu'elle ignorait et elle s'attachait de plus en plus à la comtesse et à sa fille.

Quant à l'existence luxueuse et agréable qui allait lui être faite, elle ne s'en souciait pas. Peu lui importait de dormir sous des rideaux de soie ou sous le toit rustique de Manon.

Elle avait traversé les principaux appartements du château, vu étinceler les hautes glaces, les dorures, les cristaux, mais tout cela l'avait laissée froide.

Pour cette enfant habituée aux grandes beautés et aux grands spectacles de la nature, ces choses-là n'avaient qu'une valeur

Chapitre XVIII

relative.

Une seule chose l'avait émue, et cette émotion l'avait fait pâlir : c'est lorsque madame de Cergnes ouvrant le clavecin en fit jaillir une fusée de notes, puis chanta une chanson lente et suave.

« Est-ce qu'on m'apprendra cela aussi ? demanda avidement la Moucheronne en désignant de son petit doigt brun les touches d'ivoire du clavier.

– Si cela te fait plaisir, oui. Valérie commence déjà à interpréter de jolis airs comme celui que tu viens d'entendre. »

Cette déclaration avait eu beaucoup de poids pour décider la petite sauvage à échanger, sans révoltes, la vie des bois contre celle du château.

Il fut donc convenu que trois jours plus tard la Moucheronne serait installée à Cergnes et la comtesse envoya tout de suite à Manon l'orpheline qui serait dressée au service pendant ce temps.

L'ancien souffre-douleur de Favier se sentait le cœur bien gros à l'idée de quitter sa vieille amie, Nounou et la forêt ; les hommes ne lui paraissaient pas si méchants, mais elle gardait un fonds de défiance instinctive envers la société.

Cette défiance n'avait pas effrayé Mme de Cergnes : l'excellente femme, pleine de gratitude d'abord pour celle qui lui avait rendu son enfant, et de pitié pour cet être à demi sauvage, avait bien vite démêlé dans cette nature inculte une grande dignité jointe à une franchise et à une honnêteté absolues, qualités qui rendaient la jeune fille propre à vivre auprès de Valérie.

D'une santé délicate et d'une indolence extrême, due peut-être à cette faiblesse physique, cette dernière travaillait sans goût et d'ailleurs sans émulation ; elle s'ennuyait souvent aussi dès qu'elle se trouvait à la campagne, privée de ses amies parisiennes.

Or, on devait attendre à Cergnes le retour du comte qui était parti pour un voyage lointain, et Valérie était charmée d'avoir tout à la fois une compagne pour ses plaisirs, une émule pour ses études et une distraction à sa vie un peu monotone.

Chapitre XIX
Le Baby

La Moucheronne ne s'appelle plus la Moucheronne, mais Marie, ce qui est un nom assurément plus chrétien.

Elle dort dans un lit bien douillet, sous des rideaux soyeux, non loin de sa chère Valérie qu'elle aime de tout son cœur.

Marie porte de jolies robes de laine qui moulent élégamment ses membres gracieux ; ses cheveux noirs, toujours un peu rebelles, sont réunis en une grosse natte et attachés par un ruban rouge, comme ceux de Mlle de Cergnes.

Le plus dur pour elle a été de s'accoutumer aux chaussures ; son petit pied brun, habitué à fouler indistinctement le sol durci ou le gazon épais, s'est trouvé fort mal à l'aise dans cette prison qu'on nomme une bottine.

Hélas ! il lui a bien fallu se faire à mille autres choses peu agréables, telles que demeurer assise deux ou trois heures de suite pour épeler l'alphabet, tracer des lettres sur le papier, former un feston sur la toile à l'aide d'une aiguille, et manger de toutes sortes de mets qui lui étaient inconnus jadis.

Marie n'était pas gourmande, et il lui était pénible de demeurer immobile à table pendant toute la durée d'un repas, servie par des laquais attentifs à sa moindre gaucherie.

Cependant, la fillette s'était promptement formée aux bonnes manières dont l'instinct semblait, d'ailleurs, inné en elle ; de jour en jour sa nature farouche s'assouplissait ; elle aimait l'étude et s'y adonnait avec une ardeur qui étonnait l'indolente Valérie. Elle comprenait surtout très vite la musique : si ses doigts étaient raides et malhabiles, du moins son oreille, très juste, retenait-elle les airs qu'elle entendait ou qu'elle déchiffrait et qu'elle rendait avec une surprenante expression.

Il était resté dans l'âme de cette petite sauvage de mélodieuses sonorités recueillies les nuits d'été dans les bois, ou auprès des nids d'oiseaux dans les matinées de printemps ; aussi comprenait-elle supérieurement l'art musical.

Moins profonde et plus frivole, Valérie jouait de préférence les airs en vogue ou les danses qui lui donnaient un avant-goût des plaisirs de l'hiver.

Valérie, de son côté, s'attachait de jour en jour davantage à sa compagne ; elle s'amusait de ses naïvetés, de ses réflexions toujours pleines de bon sens, et elle l'initiait peu à peu à sa vie de jeune fille du monde.

Madame de Cergnes appréciait vivement Marie dont elle voyait progresser la nature fine et sérieuse, et Miss Claddy était bien aise de déployer son érudition aux yeux d'une élève moins nonchalante que mademoiselle de Cergnes.

Ainsi la Moucheronne était heureuse ?... une vie dorée au sein d'un château somptueux, des repas succulents, des jeux et des études agréables, des toilettes qui rehaussaient l'éclat de son joli visage, n'avait-elle pas tout à souhait ?

Alors pourquoi la Moucheronne soupirait-elle souvent, les regards tournés du côté de la forêt où Manon et Nounou trouvaient sans elle le temps bien long ?

Elle souffrait d'être séparée de ces deux vieilles amitiés fidèles. Délicate en ses sentiments jusqu'à manifester le moins possible ses désirs, elle n'osait avouer à Mme de Cergnes que demeurer huit jours sans aller à la forêt lui semblait une éternité.

Puis, il lui manquait aussi ses grandes courses vagabondes à travers les sentiers perdus, dans l'ouragan, le vent et la gelée souvent ; les siestes sur la mousse et les rêveries au bord du ruisseau.

Cette enfant des bois, passée trop promptement d'une vie libre au grand air à une vie de serre-chaude, étouffait parfois dans sa cage dorée.

Mais, encore une fois, dans sa délicatesse extrême, reconnaissante de ce qu'on faisait pour elle, elle laissait croire à tous qu'elle était parfaitement heureuse.

Elle avait des ennemis sous ce toit où l'appelait à vivre la volonté de la châtelaine. Ces ennemis, on le devine, étaient les domestiques et à leur tête Mlle Sophie, la femme de charge.

Cette vieille fille, quinteuse et grincheuse, ne pouvait pardonner à l'enfant son apparition fantastique, au milieu de l'orage, le premier soir où la Moucheronne était venue au château.

Les valets, grondés à cause d'elle à cette même époque, ne pouvaient souffrir cette petite créature brune et silencieuse qui demeurait polie avec eux comme avec tous, mais exempte de toute familiarité. Heureusement pour elle, ils ne trouvaient pas à la prendre en faute soit dans ses paroles soit dans ses manières, mais une fois réunis à l'office, ils se plaignaient amèrement entre eux d'être obligés de servir une va-nu-pieds, une Bohémienne ramassée on ne savait où et dont le caprice de madame avait fait tout à coup la compagne de Mlle Valérie.

Ils blâmaient hautement leur maîtresse, taxant sa conduite d'imprudente.

« Car, disaient-ils, Dieu sait ce qu'il y a au fond de cette nature inculte qui a vécu aux côtés d'une louve et d'une folle. Qui vivra verra, mais nous ne serons pas surpris si un beau jour la petite sorcière n'est pas chassée de la maison où elle a su si habilement se faire une place dorée, tout en feignant de se faire prier pour rentrer. »

La Moucheronne ne s'apercevait seulement pas de l'aversion dont elle était l'objet de la part des domestiques ; elle ne voyait ni leurs regards haineux, ni leurs sourires méchants, soigneusement dissimulés sous un air obséquieux car ils voulaient ménager la favorite de mademoiselle.

Marie, nous l'avons dit, avait d'autres sujets de tristesse, et, qu'il fît sombre ou que le soleil rayonnât dans le ciel bleu, son visage ne s'éclairait complètement que les jours où la comtesse lui permettait de diriger ses pas vers la forêt.

Cependant, outre les trois affections qui l'entouraient à Cergnes, Marie y trouvait aussi deux grandes douceurs : l'une venait des enseignements religieux reçus de la bouche même de M. le curé de Saint-Prestat qui, venant dîner deux fois par semaine au château, en profitait pour catéchiser celle qu'il appelait, en riant, sa brebis égarée.

Certes, la petite brebis n'était pas difficile à ramener au bercail ; outre que sa mémoire toute neuve retenait immédiatement le texte du catéchisme, elle écoutait avec avidité les instructions qui lui étaient données. Lorsque, pour la première fois, on lui raconta l'histoire du Christ, et qu'elle apprit quelles souffrances le fils de

Dieu avait endurées pour nos péchés, elle éclata en sanglots, elle qu'on n'avait jamais vue pleurer, et on eut beaucoup de peine à lui affirmer qu'elle ne serait pas damnée pour avoir fait mourir son bourreau Favier, puisque, à ce moment elle était encore inconsciente, et puisqu'elle se repentait si amèrement de cet acte de vengeance.

Un grand amour pour Dieu, une profonde admiration pour les œuvres des saints, entrèrent dans cette petite âme sombre et achevèrent de la rendre belle et forte. Marie devait faire sa première communion dix-huit mois plus tard afin de s'instruire complètement; et puis, ne sachant si l'enfant avait reçu le baptême, on devait lui administrer ce sacrement sous condition. Et Marie regardait avec respect son amie Valérie qui avait été confirmée l'hiver précédent à Paris, et elle enviait son sort.

La ferveur de Valérie n'égalait cependant pas celle de la petite sauvageonne, si longtemps ignorante de ce Dieu qui aurait pu la consoler, si elle l'avait connu, alors qu'elle souffrait sous le joug brutal de Favier.

Manon, qui s'affaiblissait mentalement de jour en jour, ne se souvenait plus de la lettre trouvée dans les décombres fumants de la maison du braconnier; la Moucheronne n'en parlait pas, non plus, ne devinant pas que l'obscurité relative à sa naissance pouvait s'éclairer soudain à cette lecture, et gardant pour elle son trésor, unique souvenir et relique chère de ce père qu'elle n'avait pas connu et qui avait eu une si triste fin.

La seconde douceur que Marie trouvait sous le toit de Cergnes était le Baby.

Le Baby, c'est-à-dire un adorable poupon de deux ans environ qui faisait les délices de toute la maison.

La première fois que la Moucheronne vit ce petit être aux membre menus et potelés, qu'elle entendit ce baragouin enfantin si doux à l'oreille des mamans et de ceux qui aiment les bébés, elle demeura pétrifiée.

Elle savait bien qu'elle avait été plus petite qu'elle ne l'était alors; on lui avait dit que tout homme avant de devenir grand passe par l'enfance, mais elle n'avait jamais vu de baby et celui ci la ravit jusqu'au fond de l'âme.

Elle s'attacha au petit Jean qui prenait plaisir à jouer avec cette belle fille brune dont les immenses yeux noirs reflétaient sa mignonne personne.

Valérie chérissait son frère, mais, plus égoïste, elle se fatiguait vite de ses jeux et de ses tyrannies.

Valérie avait un autre frère, mais celui-ci n'était que le fils du comte de Cergnes d'un premier mariage contracté à l'étranger, et quoiqu'elle l'aimât beaucoup, elle le trouvait trop sérieux pour elle.

Le jeune homme âgé déjà de vingt-sept ans, était officier de cavalerie, et ses trop rares congés le voyaient plutôt à Paris qu'à Cergnes.

Il affectionnait cependant beaucoup le vieux château où il avait passé une partie de son enfance, mais jusqu'à présent sa belle-mère y avait peu résidé, et il retrouvait sa famille lorsque le service militaire lui accordait un peu de répit, de préférence au faubourg Saint-Germain où le comte avait un hôtel.

M. de Cergnes, parti pour Mexico où il devait recueillir une succession importante, ne devait guère être de retour avant deux ou trois mois ; par lettre, il avait appris l'admission de la Moucheronne sous son toit et il avait approuvé sa femme qu'il savait, d'ailleurs, incapable de prendre une décision à la légère.

Chapitre XX
Deuil

La petite orpheline qui soigne Manon est venue en hâte appeler la Moucheronne, car la vieille femme agonise ; et la Moucheronne, le cœur dévoré par l'angoisse, a couru auprès de sa première protectrice.

Elle n'avait encore vu la mort qu'une fois : celle de Favier, et cette agonie lui avait laissé un souvenir terrible.

Maintenant, ce n'était plus cela : Manon s'éteignait sans souffrances, sans convulsions, un sourire heureux sur ses lèvres flétries, avec une grande expression de paix et de repos.

Le prêtre qui est venu lui apporter les derniers sacrements avant la nuit, est reparti exercer son ministère vers un autre lit de mort, et la petite servante qu'a épouvantée l'idée du trépas, s'est enfuie au village, laissant la Moucheronne seule, avec la louve, auprès de cette agonie. Mais la Moucheronne n'a pas peur. Oh ! cela est si différent de la fin tragique de Favier ; et ses larmes se sont taries en considérant la mourante, si heureuse de goûter le repos que lui refusait la terre. Et enfin, la jeune fille qui sait maintenant bien des choses ignorées jadis, se dit que le trépas est doux à qui n'a pas goûté les joies d'ici-bas.

Mme de Cergnes et sa fille, absentes depuis deux jours, ayant été invitées au mariage d'une amie dans un château des environs, ne se doutent pas du malheur survenu à leur chère Marie. Quant à miss Claddy, si elle n'a pu accompagner celle-ci à la forêt, c'est qu'une affreuse migraine la retient au lit, et aucun des domestiques ne s'est offert pour escorter « la Bohémienne ».

La nuit fut longue et triste pour la pauvre petite ; on était à l'entrée de l'automne et le vent du nord gémissait dans les branches des arbres ; cette musique infiniment mélancolique rappelait à la Moucheronne ses sombres veillées d'hiver dans la cabane de Favier, et en son cœur, elle remerciait Dieu de l'avoir retirée de cette existence de misère.

Le matin la trouva pâle et accablée auprès du corps raidi de sa vieille amie.

Elle se sentait soutenue par d'autres affections, mais il lui semblait que ces affections récentes n'avaient pas la solidité de cette ancienne tendresse un peu dure, un peu bourrue parfois, la première qu'elle eût rencontrée ici-bas après celle de Nounou.

Mme de Cergnes et miss Claddy la rejoignirent quelques heures après ; elles amenaient une religieuse du village qui rendit les derniers devoirs à la morte.

Lorsqu'on eut mis les restes de la pauvre Manon dans le cercueil que la comtesse avait payé, car la vieille solitaire ne possédait que quelques hardes et un misérable mobilier, elles suivirent toutes les quatre le corps au petit cimetière.

La louve les accompagnait la tête basse, la queue serrée, l'œil terne.

Lorsque tout fut fini, Marie baisa pieusement le seuil de la pauvre cabane où elle avait passé ses premiers jours de paix et que Mme de Cergnes laissa intacte à la prière de la jeune fille qui désirait y retrouver le souvenir de la morte ; puis, la fillette encore pâle et affaissée sous le poids de sa douleur silencieuse mais profonde, montra du doigt la louve qui levait sur elle son œil intelligent.

La comtesse comprit ce geste suppliant.

« Elle est seule à présent, tu l'aimes, c'est Nounou enfin, va, emmène-la. »

Pour toute réponse, Marie baisa la main de Mme de Cergnes.

Mais en disant cela, la comtesse étouffait un soupir car elle était peu satisfaite de loger au château cet hôte bizarre.

Ainsi que cela devait inévitablement arriver, les domestiques eurent un grief de plus à ajouter à leur sujet de mécontentement contre Marie, et ils se plaignirent vivement d'avoir à soigner maintenant non seulement une enfant trouvée qui ressemblait au diable (ils n'avaient jamais vu le diable cependant) mais encore une horrible bête malfaisante qui leur causait d'insurmontables frayeurs.

« L'horrible bête malfaisante », cependant, était devenue la grande amie du petit Jean. L'enfant lui rappelait sans doute sa nourrissonne d'autrefois, alors que la victime de Favier n'avait qu'elle pour la défendre et la nourrir. Miss Claddy elle-même surmonta sa répugnance pour caresser quelquefois Nounou.

Mais quoique Nounou fût grassement nourrie et chaudement logée, on la trouvait souvent allongée sur le sol, la tête tournée du côté du bois ; elle aussi, peut-être, rêvait à sa forêt profonde et solitaire, et se disait qu'il y faisait meilleur vivre que dans ce château opulent.

Marie demeura triste longtemps et n'oublia point Manon. Pendant les premiers jours de son deuil, les caresses du petit Jean lui firent grand bien et ce fut le cher mignon qui lui arracha son premier sourire.

De même qu'elle allait autrefois chaque semaine à la cabane, elle se rendit tous les huit jours au cimetière, et la pauvre Manon, si pauvre qu'en toute sa vie elle n'avait peut-être jamais aspiré le parfum d'une fleur rare, eut sa tombe couverte de plantes aux suaves odeurs et aux couleurs magnifiques.

Chapitre XX

Chapitre XXI
Le fils du comte

Un peu avant l'heure du dîner, Marie, vêtue de gris et un peu lassée par une journée de travail, car elle préparait son examen de catéchisme, était appuyée à la balustrade de pierre du perron ; Nounou était couchée à ses pieds, songeuse comme elle.

La petite figure sérieuse de la Moucheronne a gardé les tons chauds que le soleil y avait mis au temps où elle ne connaissait pas cet objet qu'on nomme un chapeau et qu'elle trouvait si incommode.

Depuis un an, elle a beaucoup grandi, en conservant la grâce un peu sauvage de son enfance.

Le sable de la terrasse cria sous le pied d'un visiteur, et la Moucheronne, levant les yeux, se trouva face à face avec un jeune homme de haute taille, dont la bouche grave eut un sourire étonné sous sa moustache brune.

Il portait le costume d'officier de cavalerie.

« Ma parole, murmura-t-il, on dirait la petite sauvageonne qui m'a détourné un jour du bois où m'attendaient trois bandits ; et voici la louve Nounou ! Je me souviens, c'est bien elle. »

Il reconnaissait ces grands yeux sauvages, doux comme ceux de la gazelle, au fond desquels se lisaient des pensées au-dessus de son âge ; mais ces paupières bistrées et ce front candide n'étaient plus abrités sous une masse de cheveux en broussaille et l'enfant n'avait plus l'air d'une petite mendiante, jolie dans ses loques.

Bien vêtue, bien coiffée, elle était là comme chez elle, comme la fille de la maison.

« À qui ai-je l'honneur de parler, mademoiselle ? dit-il enfin de sa voix grave et musicale, en saluant comme il eût salué une princesse de sang. »

Marie n'eut pas le temps de répondre. Derrière elle un accent rieur s'écriait :

« Ah ! mon Dieu ! mon frère Gérald ! »

Et d'un bond Valérie franchissant le perron, venait se suspendre au cou de l'officier qui effleura de ses lèvres les cheveux dorés de sa sœur.

À son tour, la comtesse apparut et la Moucheronne se retira discrètement.

Lorsqu'il eut expliqué comment, ayant obtenu un court congé qui n'était que la prélude d'un autre plus long, il avait résolu de surprendre les châtelaines de Cergnes, Gérald s'empressa d'interroger sa belle-mère : quelle était cette jolie enfant brune qu'il avait aperçue en arrivant, sur le perron du château ?

« Mais, c'est Marie ! s'écria Valérie. Je t'ai bien écrit dans ma dernière lettre que je te réservais une surprise, moi aussi. Cette surprise, c'est Marie, ma petite Marie, ma petite amie que je présenterai en règle au dîner.

– Marie, l'enfant à la louve, murmura l'officier pensif.

– Ah ! tu as vu Nounou à ce qu'il paraît ; car cette louve s'appelle Nounou ; c'est un nom bizarre, n'est-ce pas ?

– Je le savais avant toi, ma petite sœur, dit en riant le jeune de Cergnes en tirant les boucles blondes de Valérie. »

La fillette demeura la bouche ouverte, clouée par la surprise.

« Tu connaissais Marie et Nounou ? dit alors la comtesse. Oh ! mon ami, tu fais erreur ; elles n'avaient jamais quitté les bois avant de venir à Cergnes.

– Pour vous prouver que je ne me trompe pas, ma mère (il appelait ainsi M\ :sup:`me` de Cergnes qui s'était toujours montrée pour lui bonne et dévouée) je vais vous dire que celle que vous nommez à présent Marie, était autrefois : La Moucheronne, et vivait sous la férule d'un méchant homme.

– Je n'y comprends plus rien, murmura Valérie qui ne revenait pas encore de sa surprise. Voilà maintenant ce grand méchant frère qui joue aux mystères avec nous ?

– Ne m'en veuillez pas pour avoir négligé de vous raconter cette petite histoire et écoutez-moi :

« Il y a quelques années, je ne sais au juste l'époque, étant comme aujourd'hui en congé, je me disposais à regagner Cergnes à cheval et, par une fantaisie bizarre, à m'y rendre par le chemin que nous ne prenons jamais. Au moment où j'allais entrer dans la forêt, je fus accosté par une étrange petite fille suivie d'une énorme louve ;

je ne voyais de l'enfant que deux petites jambes maigres, nues sous une jupe effrangée, car le sol était couvert de neige et le ciel tout noir. Elle avait la tête découverte et échevelée et je frottai une allumette afin de la considérer pour savoir à qui j'avais affaire. Je fus frappé de la singulière beauté de son visage et de la limpidité de son regard ; je me souviens encore de la grâce de son attitude et de la simplicité de son langage.

« Il paraît que trois hommes, avertis de mon passage dans le bois, m'attendaient à un certain endroit pour me dépouiller et sans doute m'égorger. La fillette connaissait leurs intentions et était venue m'en prévenir.

– Comment as-tu pu nous cacher cette aventure, Gérald ? s'écria la comtesse.

– Mon Dieu, ma mère, vous étiez sur le point de retourner à Paris ; je n'ai pas voulu vous effrayer en vous apprenant que des maraudeurs rôdaient à si peu de distance du château que je savais d'ailleurs toujours bien gardé. Plus tard, j'avais tout à fait oublié cette histoire ; il a fallu la présence inattendue de cette fillette pour me la remettre en mémoire.

– Ce que je ne comprends pas, reprit Mme de Cergnes, c'est que tu n'aies rien fait pour récompenser l'enfant qui t'avait sauvé du péril ; Gérald, cela te ressemble bien peu.

– Pardon mère, répliqua le jeune homme en souriant, je lui ai fait des offres magnifiques ; il ne s'agissait rien moins que de l'arracher à sa misérable vie et vous l'amener pour que vous la fassiez élever d'une manière digne d'elle, car la petite me semblait douée de qualités réelles ; mais elle n'a pas voulu se séparer de sa Nounou ; l'enfant et la louve étaient, paraît-il, liées d'amitié étroite et préféraient sans doute leur existence vagabonde à celle que j'offrais.

– Tu vois pourtant qu'elles étaient destinées à nous revenir un jour ou l'autre puisque le hasard, ou plutôt la Providence, les a amenées ici ; au moins, sa première action a été récompensée en même temps que la seconde, car il faut que tu saches, Gérald, que Marie a presque sauvé ta sœur Valérie. Je te raconterai cela en détail après dîner. Je n'ai jamais regretté d'avoir appelé cette enfant sous mon toit : elle est intelligente, franche et réservée ; nous l'aimons tous tendrement et notre Baby l'adore.

– À propos de mon petite frère, dit l'officier, s'il est réveillé, je serais bien aise de l'embrasser.

– Tu n'as pas longtemps à attendre, mon ami ; regarde Marie qui le promène là dans le parc ; cours à leur rencontre et tâche que le cher mignon n'aie pas peur de tes moustaches. »

Marie et l'officier renouèrent connaissance, et la vie de la Moucheronne fut racontée par le menu depuis le jour de leur première rencontre.

Gérald passa quelques jours seulement dans sa famille, mais il devait revenir à Cergnes un mois après pour un plus long congé.

Pendant ce court séjour, il causa beaucoup avec Marie et prenait plaisir à ces entretiens où il admirait secrètement l'intelligence sérieuse de la fillette et la candeur de ses réparties.

On ne pouvait d'ailleurs s'empêcher de s'intéresser et de s'attacher à cette enfant dont la première jeunesse avait été livrée à tant de souffrances ; et l'officier se disait en lui-même qu'il manquait à la jolie et frivole Valérie nombre de qualités par lesquelles l'enfant trouvée lui était supérieure.

Mais en son âme délicate et modeste, Marie ne se disait pas cela, elle, et elle eût été fort surprise si elle avait pu lire dans l'esprit de Gérald.

Marie avait fait à Gérald l'éloge de Nounou, et Dieu sait avec quelle chaleur. Le jeune homme, loin de sourire de cet enthousiasme, écoutait avec intérêt le récit des belles actions de la louve et des services qu'elle avait rendus.

« Tout cela ne m'étonne pas, dit-il lorsque le panégyrique fut terminé ; j'admets parfaitement que les animaux, même les plus féroces, sont susceptibles d'attachement absolu.

– Ce n'est pas la règle commune, fit observer la comtesse. Rappelle-toi, Gérald, l'histoire du lion de notre ami le général Trévière ?

– Quelle histoire, maman ? demanda Valérie ; je me souviens du général, mais j'ignorais qu'il possédât un lion.

– Voilà ce que c'est, reprit Mme de Cergnes : le général qui passa plusieurs années dans l'Inde, avait apprivoisé un gentil lionceau qu'on appelait Sweet, nom qui en anglais, comme vous le savez, signifie doux.

« Sweet était le favori de tous et de son maître surtout ; c'était à qui le gâterait, lui apporterait des friandises et du sucre. Il mangeait dans la main du général, couchait au pied de son lit sur un tapis magnifique et obéissait au moindre signe. En grandissant, Sweet ne devint pas méchant, chose assez rare chez les animaux féroces, même les plus apprivoisés, car le naturel finit toujours par reprendre le dessus.

– Il n'en est pas ainsi pour Nounou, protesta une petite voix.

– Oh ! Nounou est une exception, c'est admis. Je poursuis. Un matin, en s'éveillant, le général dont la main pendait hors du lit, s'aperçut que le lion léchait cette main d'une singulière façon.

« C'était cependant sa manière habituelle de saluer son maître, mais le brave soldat frissonna ; on sait que les fauves, avant de dévorer leur proie, et vous avez pu le remarquer dans les ménageries à l'heure de la distribution de la viande, la lèchent longtemps en tous sens...

« Le général eut le sang-froid de ne pas retirer sa main sans quoi Sweet n'en eût fait qu'une bouchée, mais de celle qui restait libre il agita le cordon de sonnette pendu à côté de son lit.

« L'ordonnance parut ; sans faire un mouvement, l'officier lui dit seulement :

« – Regarde.

« L'ordonnance regarda et comprit. Sans bruit, comme une ombre, il saisit un pistolet posé sur un meuble, tout proche, et en déchargea deux coups sur le lion qui roula à terre, la tête fracassée.

« Inutile de vous dire que les deux militaires étaient blancs comme un linge et que le général n'éprouva plus la fantaisie de s'attacher de jeunes lions.

– C'est vrai, mère, mais, à côté de cela souvenez-vous de la panthère de Benito Rafalli.

– Qu'est-ce que Benito Rafalli ? demanda Marie.

– C'est un petit garçon de Constantinople que nous avons connu à Paris. Il avait eu pour jouet, dans son enfance, une jeune panthère noire et gracieuse du nom de Sélika. Sélika adorait son petit maître, mais lorsqu'on mit ce dernier au collège on ne put y envoyer avec lui la panthère, et Sélika fut donnée au directeur d'une ménagerie célèbre. Quelques années après, Bénito étant en vacances, en France, fut emmené à une fête populaire où l'on admirait les magnifiques animaux du dompteur Zucchi. Soudain, dans une cage devant laquelle passait le jeune garçon, bondit une panthère superbe qui se jeta contre les barreaux avec mille démonstrations de joie. C'était Sélika qui reconnaissait l'enfant de Constantinople et lui faisait mille fêtes. Bénito supplia qu'on le laissât entrer dans la cage de son ancienne amie, mais ses parents et le dompteur s'y opposèrent. Huit jours après, il revint à la ménagerie et trouva la pauvre Sélika mourante, les flancs amaigris, haletante sur le sol... Il s'approcha de la grille, l'appela doucement et passa sa main au travers des barreaux. Sélika se traîna jusque-là, lécha cette main, remua sa belle queue noire et expira. Elle était tuée d'abord par l'émotion que lui avait causée la vue de son petit maître et par le chagrin de le perdre de nouveau. Zucchi, lui, s'arrachait les cheveux, mais Bénito pleura encore plus sincèrement la pauvre bête.

– Cette fidélité ne m'étonne pas, moi, dit Marie que l'anecdote avait intéressée au plus haut point ; les animaux sont capables de cela.

– Savez-vous, reprit la Comtesse, ce que m'écrit récemment une de mes amies en ce moment en villégiature dans le midi, sur les bords du golfe de Gascogne ?... Un brave caniche, noir et blanc, affreusement laid, vient d'être décoré d'une médaille de sauvetage et acheté une somme formidable par un lord anglais.

– Qu'avait-il fait ?

– Voilà l'histoire, telle que me la rapporte mon amie. Ce caniche appartenait au baigneur d'un établissement de bains situé sur la plage. Un soir une tempête horrible fondit sur l'Océan ; un beau navire espagnol, en grand danger et à quelque distance de la côte, jetait en vain des signaux d'alarme et des câbles ; nulle barque, nul pilote n'osait se hasarder à lui porter secours, et le bâtiment allait périr corps et biens lorsque le baigneur eut l'idée de lancer son chien à la mer en lui mettant une corde dans la gueule ; le chien nagea, quoique avec de grandes difficultés, jusqu'au navire ; on attacha la corde au câble et, du rivage on la tira tout doucement jusqu'à ce que le bateau pût être en sûreté dans une anse abritée des grosses vagues. Avouez que le chien avait bien mérité sa récompense.

– Oh ! oui, s'écria Marie, et l'on a bien raison d'aimer les animaux et de les bien traiter.

– Il est de fait, dit Valérie, que toutes les bêtes du château, outre Nounou, chérissent Marie et la caressent, depuis les chevaux auxquels elle porte du pain et du sucre, jusqu'aux oiseaux auxquels elle donne du grain.

– Il est à croire, dit alors Gérald en flattant doucement l'échine de la louve, que si Marie n'eût pas été bonne et tendre avec cette bête-là, Nounou ne se serait pas montrée ce qu'elle est. Les animaux sont souvent ce que nous les faisons.

– Mais, protesta Marie, Nounou est bonne d'elle-même et elle le sera toujours. N'est-ce pas, ajouta-t-elle en embrassant l'énorme bête qui lui lécha la main en signe d'assentiment. »

Chapitre XXII
La bague d'opale

La Moucheronne, devenue l'inséparable compagne de Valérie de Cergnes, commençait à se faire à sa nouvelle vie si peu semblable à cette qu'elle menait auparavant ; elle s'y faisait surtout à cause de l'instruction qu'elle acquérait et à cause des trois femmes affectueuses qui l'entouraient.

Elle avait gagné encore en grâce et en beauté : ses membres, toujours souples, avaient perdu la brusquerie de leurs mouvements ; sa peau nacrée, une partie de son hâle doré ; son regard s'était adouci, son sourire était plus affable.

À la fin de son premier congé, le jeune de Cergnes était reparti, et le château paraissait encore plus grand et plus mélancolique depuis qu'il l'avait quitté.

Ce n'est pas, cependant, que le jeune homme fût d'humeur joyeuse ; il n'avait plus cette gaieté insouciante de la première jeunesse, au temps où il avait rencontré la fillette et la louve dans le bois de Saint-Prestat. Il avait au front une gravité précoce qui le faisait surnommer, au régiment, le beau ténébreux.

Peut-être, quoique la vie lui fût clémente sous le rapport de la fortune et de la santé, peut-être le jeune homme gardait-il au fond de son cœur quelque secrète tristesse comme ceux que l'existence a touchés profondément, tout en leur prodiguant mille douceurs ainsi qu'à ses enfants gâtés.

Cette gravité se retrouvait au fond de ses yeux bleus, dans son sourire ; nul n'en savait la cause. Sa belle-mère elle-même l'avait à peine remarqué.

Elle aimait beaucoup son beau-fils, mais elle le voyait trop rarement pour se demander d'où pouvait lui venir cette tristesse douce mais immuable.

Quant à Valérie, très fière lorsqu'elle donnait le bras à cet officier de belle prestance, elle adorait son frère surtout quand il lui apportait des bonbons de Boissier ou la conduisait à l'Hippodrome, à Paris ; et elle le croyait très heureux.

Seule, Marie avait su deviner que, pour lui aussi, le destin s'était montré dur ; elle avait vu ce qui échappait à la perspicacité des autres et elle avait prié Dieu tout bas de lui adoucir sa peine.

Le lendemain de son retour au régiment, le jeune de Cergnes télégraphia au château demandant qu'on lui renvoyât une bague d'opale qu'il avait oubliée dans une coupe d'onyx sur la cheminée de sa chambre : C'était celle de sa mère et il ne s'en séparait jamais.

La bague ne fut pas retrouvée et Mme de Cergnes s'en émut, car jusqu'à présent, aucun vol n'avait été commis parmi les domestiques.

« Bah ! dit Valérie, je lui donnerai une autre bague pour sa fête. Tant pis pour lui ; il n'avait qu'à être plus soigneux.

– C'était celle de sa mère, insinua doucement Marie. Aussi, comment a-t-on pu la lui dérober ? les voleurs ne peuvent trop s'introduire ici ; le château est bien fermé.

– Ah ! ah ! ricana une voix aigre ; comment la bague a pu être dérobée ? C'est elle qui le demande. »

Valérie s'éloignait en chantonnant, sans avoir entendu cette réflexion vipérine lancée par Mlle Sophie qui passait dans le corridor.

Marie se retourna.

« Que dites-vous ? demanda-t-elle.

Chapitre XXII

– Je dis, je dis que c'est la poule qui chante qui a fait l'œuf ; vous ne devriez pas parler de cette affaire, vous.

– Moi ? pourquoi cela ? »

Et elle leva son honnête regard sur le visage méchant de la vieille fille qui, honteuse, détourna la tête.

Mais, dans son cœur égoïste et rancunier, elle en voulait mortellement à celle qu'elle appelait encore la Bohémienne.

« Elle ose demander pourquoi ! poursuivit la mauvaise femme de charge en élevant au ciel ses bras osseux ; comme si tout le monde ne sait pas que c'est toi la voleuse.

– Moi...moi la voleuse ? »

Les yeux noirs de la fillette se dilatèrent effroyablement ; sa peau bistrée pâlit, ses dents blanches mordirent ses lèvres subitement décolorées.

En ce moment elle redevenait la Moucheronne, l'enfant sauvage au sang de louve qui avait fustigé son bourreau et incendié son logis.

« Va-t'en, tu me fais peur ! cria Mlle Sophie épouvantée.

– Répète ce que tu as dit, reprit la Moucheronne en la tutoyant à son tour avec dédain et d'une voix à peine audible. »

Sophie craignit de se laisser prendre en défaut et elle s'enhardit :

« Tu feins l'étonnement, petite drôlesse, mais tu ne peux ignorer ce qu'est devenue la bague du jeune vicomte qui a été assez simple pour se montrer bon avec toi. Cette bague que tu as fait disparaître, dis-moi où elle est ? Chacun sait que lorsqu'on a vécu avec des voleurs, il en reste toujours quelque chose. »

À peine ces mots étaient-ils prononcés que le bruit d'un maître soufflet retentit dans le corridor.

La vieille fille se mit à crier, à l'assassin, et ameuta autour d'elle une partie de la domesticité.

« Ah ! c'est la petite voleuse qui vous a arrangée comme cela, dirent-ils à Mlle Sophie dont la joue était encore violette. À la porte ! à la porte, la voleuse qui finirait par nous envoyer tous en prison à sa place ! »

La Moucheronne recouvra son sang-froid ; après tout, elle ne devait pas s'émouvoir des insultes de ces gens-là qui la haïssaient elle ne savait pourquoi.

« Je vais trouver madame de Cergnes, dit-elle en redressant sa taille déjà grandelette, venez avec moi.

– Madame est loin ! elle sera absente trois jours, et d'ailleurs... elle sait ce que nous savons ! » ajouta un groom d'un air profond.

La Moucheronne sentit comme un épine aiguë lui entrer dans le cœur : est-ce que la Comtesse, elle aussi, allait croire ?... Non c'était impossible.

À qui se confier alors ? Miss Claddy était en vacances depuis une semaine environ, et Mme de Cergnes ayant reçu un message pressé le matin même, avait dû quitter le château pendant que les enfants dormaient encore, pour se rendre auprès d'une vieille parente qui se mourait.

« Il n'y a donc plus que Valérie pour me défendre ? » se dit la pauvre Marie.

Et elle sentait bien en elle-même que ce serait là, piètre défense.

Elle alla cependant trouver son amie qui lisait avec un intérêt très vif une nouvelle, dans un petit journal mensuel qu'elle avait reçu le matin même.

En entendant entrer sa compagne, elle dit d'un geste de la main :

« Chut ! ne m'interromps pas, c'est palpitant. »

Mais Marie s'approcha, et, lui fermant sa brochure :

« Savez-vous ce qu'ils disent ? » prononcèrent ses pauvres lèvres tremblantes.

Au son altéré de sa voix, Valérie releva la tête, et, voyant ce visage bouleversé :

« Qu'as-tu ? s'écria-t-elle.

– Ils disent, reprit l'enfant, ils disent que c'est moi qui ai volé la bague. »

Valérie de Cergnes haussa les épaules et reprit sa lecture.

« Tu es bien bonne de t'inquiéter de ce que pensent les domestiques, dit-elle pour toute consolation.

– Mais, ils disent que votre mère elle-même doute de mon innocence.

– Maman ? allons donc ! elle m'en aurait bien parlé ! »

Et c'est là tout ce que Valérie avait à répondre pour la justifier aux yeux de ses accusateurs, elle qui savait ordinairement si bien se faire obéir et, au besoin, se montrer impérieuse ?

La Moucheronne s'éloigna, plus triste encore ; elle rencontra le baby qui lui tendit ses petits bras ; mais la bonne qui le portait, recula précipitamment avec son fardeau.

« Ne vous laissez pas toucher par elle, mon mignon, s'écria-t-elle comme si le petit Jean pût la comprendre, c'est une voleuse, une méchante.

– Non, pas méchante, pas méchante, Marie... » répondit le bébé en essayant de s'élancer vers sa favorite. Mais il ne put.

Cette fois, la Moucheronne ne récrimina pas ; une pensée odieuse lui venait à l'esprit : qui sait si Valérie elle-même ne la croyait pas coupable ? elle n'en avait pas dit plus long peut-être par pitié. Et la comtesse alors. C'était sans doute pour cela qu'elle était partie si matin sans dire adieu à sa protégée.

Marie ignorait la cause de ce départ précipité, car on n'était pas même encore à l'heure de midi et Valérie déjà toute à sa lecture lui avait dit simplement :

« Maman a été obligée de nous quitter pour deux ou trois jours. »

La maudite pensée revenait sans cesse torturer le cerveau de la pauvre fille, lancinante et douloureuse. À la fin ce devint une idée fixe, et l'esprit tendu de la Moucheronne ne douta plus que la maison tout entière fût contre elle.

« Ah ! se dit-elle amèrement, j'avais bien raison de refuser à Manon de vivre parmi mes semblables ; sa compagnie et celle de Nounou me suffisaient ; elles ne m'auraient jamais causé une telle peine, elles ! »

Marie monta à sa chambre et enleva ses vêtements élégants. Au fond d'une armoire gisait la pauvre robe usée et fanée que portait la Moucheronne lors de son entrée à Cergnes ; elle enleva de même le ruban qui attachait ses cheveux, puis ses bas et ses bottines, et redescendit dans le parc.

« Nounou ! » appela-t-elle doucement.

Aussitôt une masse noire sortit d'un taillis de jeunes arbustes où la louve dormait souvent, et elle vint sauter joyeusement autour de l'enfant. Elle reconnaissait le vieux vêtement terni qu'elle avait si souvent mordillé en jouant, et peut-être préférait-elle sa petite amie ainsi qu'en ses plus riches toilettes.

« On ne veut plus de nous, ma pauvre Nounou ! murmura la Moucheronne d'une voix pleine de larmes ; on nous chasse ; on dit que c'est nous qui avons volé la bague de monsieur Gérald. Tu sais bien que ce n'est pas vrai, toi, tu le sais bien. »

Dans son indignation et sa douleur, la Moucheronne mêlait injustement les maîtres et les serviteurs dans l'accusation dont on l'accablait. Si elle eût mieux réfléchi, elle eût attendu Mme de Cergnes ; mais sa nature profondément honnête répugnait à l'improbité comme l'hermine à la boue, et elle était révoltée jusqu'au fond de son être.

« Ce n'est pourtant pas moi qui suis venue à eux, disait-elle encore ; ce sont bien eux qui sont venus me chercher ; je ne leur demandais rien. »

Nounou, comme si elle eût compris ces paroles, poussa un grognement significatif.

Elles s'en allaient ainsi toutes deux dans la campagne déserte, dans le vent froid du soir et mirent longtemps à gagner la forêt. Le temps était triste et glacial. Depuis des mois la Moucheronne avait vécu d'une existence facile ; elle n'était plus accoutumée comme jadis à courir à travers la pluie et l'ouragan ; le temps était passé où elle bravait la neige la plus épaisse et riait de la bise âpre qui lui mordait le visage.

Aussi, elle souffrait dans son corps en même temps que dans son âme, et la nuit était venue tout à fait quand elle atteignit son refuge habituel : la cabane de Manon.

Épuisée, elle se laissa tomber sur le lit et y dormit, accablée, inerte, jusqu'au matin, pendant que Nounou sommeillait, allongée sur le sol.

Et maintenant comment allaient-elles vivre, sans feu, sans nourriture, sans vêtements ? Qui voudrait donner du travail à une voleuse ? Qu'importe ! la société l'avait repoussée, la Moucheronne repoussait à jamais la société, dût-elle périr de froid et de misère au fond de sa solitude absolue !

Chapitre XXII

Cependant, à l'heure du déjeuner, Valérie ne voyant pas venir son amie manifesta quelque étonnement.

« Me bouderait-elle ? se demanda la jeune fille ; ce serait la première fois, et puis elle n'aurait pas de raisons pour cela ; je ne lui ai pas répondu avec empressement tout à l'heure, c'est vrai ; mais ordinairement elle est moins susceptible. Aussi ces domestiques sont insupportables avec leurs plaisanteries absurdes que Marie a prises au sérieux. Je les ferai gronder ; ils ne peuvent la laisser en repos parce que, de la hutte d'un braconnier, elle a passé tout à coup dans un beau château. »

Mlle de Cergnes pria la femme de chambre d'aller s'assurer si Marie n'était pas chez elle ; mais on ne trouva dans la jolie pièce qu'habitait l'enfant, que ses vêtements épars sur le tapis.

Qu'était-elle devenue ? On l'appela dans toute la maison et dans le parc, et l'on constata que, en même temps que la fillette, la louve avait disparu.

Parties toutes les deux ?... Valérie ne voulait pas le croire.

« Elle boude », dit-elle encore.

Et elle se fit servir à déjeuner, mais elle ne mangea point, se sentant toute triste vis-à-vis de la chaise vide de son amie.

L'après-midi lui parut longue, et lorsque vint le soir, Mlle de Cergnes fut épouvantée en ne voyant pas reparaître Marie.

« Elle sera retournée à la forêt, pensa la jeune fille avec angoisse. Mon Dieu ! mon Dieu ! et il y fait si froid ! Que diront Maman et miss Claddy, et même mon frère Gérald quand il sera de retour ?

« Je n'ose aller la chercher moi-même, maman ne serait pas contente, mais je vais envoyer les domestiques au bois. »

Elle sonna et donna ordre qu'on allât immédiatement jusqu'à l'ancienne cabane de Manon et qu'on en ramenât Marie et la louve qui devaient s'y être réfugiées.

Ils s'étaient donné le mot, les rusés compères, et, suivant le conseil de Mlle Sophie, ils feignirent d'obéir et passèrent tranquillement leur soirée à l'office à fumer et à causer.

Puis ils reparurent, l'air triste et fatigué, devant leur jeune maîtresse, affirmant qu'ils avaient vainement battu la forêt et que Mlle Marie et sa louve demeuraient introuvables.

Pendant ce temps, la Moucheronne étendue sur la couche où Manon avait rendu le dernier soupir, songeait, Nounou à ses pieds, et se disait :

« Ils m'ont appelée voleuse, ils me croiront tous coupable, et moi je mourrai plutôt que de retourner parmi eux. »

Chapitre XXIII
Le cinquième jour

Il y avait cinq jours que la Moucheronne habitait sa chère forêt. Sa chère forêt avait revêtu l'aspect lugubre de l'hiver : plus de feuilles aux arbres, plus d'oiseaux dans les nids ; le ruisseau gelé faisait son murmure, et l'âpre vent d'automne glissait sous les fentes de la pauvre cabane.

Dans la masure, aucun bruit ; elle était aussi morne et silencieuse que le soir où la dépouille de la vieille femme l'avait abandonnée pour jamais.

Où était donc la Moucheronne ? et où donc était Nounou ?

Sur le sol humide et glacé, deux formes sombres étaient pressées l'une contre l'autre : celle d'une louve accroupie, l'échine maigre, le poil hérissé, l'œil atone ; la bête avait faim ; il y avait cinq jours qu'elle n'avait mangé.

Tout contre elle, une fillette pâle et presque aussi maigre était affaissée ; la fillette aussi n'avait mangé depuis cinq jours qu'une poignée de farine aigre trouvée dans le buffet vide.

Ses bras nus étaient glacés, malgré le peu de chaleur qui gardaient les membres de l'animal serré contre elle.

Le premier soir où la Moucheronne s'était retrouvée sous le toit de sa vieille amie défunte, elle avait eu comme un soupir d'allégement au milieu de sa désolation ; mais elle était lasse et brisée et passa la journée du lendemain, l'œil fixé aux cendres mortes du foyer.

L'enfant ne s'apercevait pas que le temps s'écoulait ; par moments ses lèvres violettes murmuraient une prière qui s'achevait dans un sanglot.

Le troisième jour, la neige commença à tomber, mais elle ne la vit pas ; seulement elle sentit dans ses veines un frisson mortel.

Un gémissement de Nounou lui rappela qu'elle aussi avait faim. Alors, elle fouilla le pauvre réduit et découvrit un peu de farine qu'elle délaya dans l'eau. Nounou dévora un os déjà dépouillé de sa chair ; ce fut tout.

Le lendemain, la Moucheronne se sentit le cerveau alourdi, et sa pensée dansait dans un chaos incompréhensible ; elle avait les membres glacés et une vive chaleur à la poitrine.

« Je vais sans doute mourir », se dit-elle.

Et son regard tombant sur la louve :

« Pauvre Nounou ! tu seras seule. »

La faim qui l'avait quittée à l'heure de la fièvre, lui déchirait maintenant les entrailles. Alors, devant ses yeux passèrent d'étranges visions ; elle, qui n'était certes pas gourmande, revoyait en imagination la table étincelante du château de Cergnes, avec ses cristaux et son argenterie rutilants sous la lumière, avec ses mets exquis fumants sur les réchauds d'argent.

La Moucheronne revoyait tout cela, tout cela qu'elle avait perdu à jamais.

Et elle se mourait de faim et de froid. Elle songeait de même à sa petite chambre rose si gaie et si chaude avec ses tapis moelleux et sa lampe d'albâtre rosé suspendue au plafond, car Valérie avait exigé le même luxe pour son amie que pour elle.

Et maintenant, elle était au cinquième jour, la Moucheronne ; épuisée par la fièvre et par la faim, elle demeurait moitié évanouie, aussi immobile qu'une petite statue de bronze, les bras passés autour du cou de la louve.

Cet état n'était pas encore la mort, mais c'était à peine la vie.

La louve avait faim, elle aussi, et elle avait froid, mais elle ne remuait pas, de peur d'éveiller sa nourrissonne ; et elle n'allait pas à la chasse. Elle seule en aurait profité d'ailleurs, il n'y avait pas de feu dans la cabane.

Vers le milieu du jour, la neige craqua sous un pas ferme et vif. Peu après, la porte de la masure s'ouvrit, laissant entrer un amas de neige.

Alors, parut sur le seuil un jeune homme de haute taille vêtu d'un ample manteau de fourrure.

La louve releva la tête ; sans doute, elle reconnut le visiteur, car elle remua la queue et ses prunelles brillèrent dans l'ombre.

L'arrivant aperçut auprès de la bête le corps d'une fillette ; il se baissa, et ses yeux bleus s'emplirent d'une pitié profonde.

« Marie, ma pauvre enfant ! » murmura-t-il très doucement.

Mais les paupières de la Moucheronne demeuraient fermées et leurs longs cils ombraient sa joue livide.

« Mon Dieu ! si elle était morte ?... » s'écria malgré lui le jeune homme.

Il saisit, dans ses mains, les mains froides de l'enfant : elle ne remua toujours pas et la louve poussa un gémissement lugubre.

Gérald de Cergnes remarqua que les petits doigts de la moucheronne tenaient fortement serré un papier jauni, plié en quatre, aux angles usés.

« Qu'est cela ? » se dit-il.

Et il essaya, mais vainement, d'enlever le papier à la main qui l'enfermait.

Il eut l'idée de détacher la gourde qu'il portait en bandoulière et qui contenait une liqueur généreuse ; il en introduisait le goulot entre les lèvres blanches de Marie, et lui fit avaler quelques gouttes.

Peu après elle entrouvrit les yeux et, apercevant penché au-dessus d'elle, un visage qu'elle ne reconnaissait pas, elle se souleva un peu sur son séant et regarda.

Mais après avoir regardé, l'enfant se recoucha sur la louve, comme épuisée par cet effort.

« Elle se meurt de faim et de besoin, la pauvre petite ! dit le jeune de Cergnes dont une larme mouilla la joue mâle : Voilà donc ce qu'ils ont fait de ce pauvre ange qui s'est toujours montré doux et honnête envers tout le monde ? Quelle injustice ! »

Sa main rencontra l'échine maigre de Nounou :

« Et toi aussi, pauvre bête, murmura-t-il, toi aussi tu souffres ; mais au moins tu lui es restée fidèle. »

Il plongea dans sa gibecière et en retira un morceau de pain qu'il présenta à la louve : elle allait se jeter dessus avec voracité lorsque soudain elle s'arrêta, dirigeant son regard oblique sur l'enfant qu'elle aimait et qu'elle avait nourrie de son lait.

« Mange, Nounou, mange, va, dit alors Gérald, touché de ce mouvement. La Moucheronne est trop malade maintenant pour manger ton pain. »

La louve ne fit qu'une bouchée du morceau ; elle en eût dévoré dix fois autant, mais Gérald n'avait pas prévu le cas.

Il avisa d'abord au plus pressé, et enveloppa la Moucheronne d'un grand plaid écossais qui était jeté sur son épaule ; puis il emporta la fillette, devenue bien légère, jusqu'au petit traîneau qui attendait à la porte, attelé d'un poney à l'humeur paisible.

Gérald, instruit dès son prompt retour de la fuite de Marie, avait interrogé les domestiques dont les réponses lui avaient paru louches et embarrassées ; il avait pris le parti, sous prétexte de chasse, de venir lui-même à la forêt.

Certes, la comtesse et Valérie, désolées et croyant bien perdue leur protégée, ne s'attendaient pas à le voir ramener la fugitive ; n'avait-on pas battu le bois en tous sens ? Du moins, elles le croyaient naïvement.

Et Gérald avait enfin trouvé celle qu'il cherchait.

Lorsqu'il l'eut couchée au fond du traîneau, il secoua les guides, et fit signe à la louve de suivre.

Le petit cheval prit sa course et Nounou l'imita.

Ils mirent longtemps à arriver au château, car les chemins étaient mauvais et la distance longue ; enfin Gérald était obsédé par la crainte que Marie fût plus malade encore qu'il ne l'avait trouvée dans la cabane.

Son angoisse s'apaisa lorsqu'il toucha la grille du parc. Une fois dans la cour, il jeta les guides au groom accouru au bruit des grelots du poney, et avec toutes sortes de précautions, il prit lui-même dans ses bras la fillette toujours immobile.

« Jour de Dieu ! grommela le groom désagréablement surpris, je crois qu'il a retrouvé la Bohémienne. Et voilà encore cette mauvaise bête endiablée ! » ajouta-t-il en apercevant Nounou qui gravissait le perron à la suite de Gérald.

Mais il n'osa lui allonger un coup de pied, il craignait son maître.

Lorsque le jeune de Cergnes, portant son précieux fardeau, entra dans le boudoir où travaillait la comtesse et où Valérie faisait une lecture anglaise sous la direction de miss Claddy, un triple cri de joie accueillit son arrivée.

« Marie ! c'est Marie ! »

On avait vu Nounou d'abord, et l'on devinait que si Nounou était là, la Moucheronne ne devait pas être loin.

« Oui, Marie, répondit Gérald d'un ton grave ; mais Marie malade, mourante peut-être, et par notre faute, ou plutôt grâce à la méchanceté de nos domestiques. À présent, il s'agit de la coucher au plus vite et de lui faire prendre un réconfortant, si elle est encore capable d'avaler. »

Valérie fondit en larmes, et son frère, touché de ce désespoir, s'assit près d'elle pour essayer de la consoler pendant que Mme de Cergnes et miss Claddy transportaient l'enfant dans la chambrette qu'elle habitait six jours auparavant, et la couchaient, après lui avoir fait boire un peu de bouillon.

« Est-ce qu'elle va mourir ? Mon Dieu, est-ce qu'elle va mourir ? demandait Valérie à travers ses larmes.

– J'espère que non, ma petite sœur, mais son état est sans doute grave. Joseph est allé chercher le médecin ; nous verrons ce que celui-ci dira.

« Mais, ajouta-t-il, en voyant Nounou gratter à la porte qui s'était refermée sur sa chère nourrissonne, cette pauvre bête a grand besoin de renouveler ses forces ; il y a longtemps qu'elle jeûne, elle aussi. Viens, nous allons veiller à ce qu'elle mange, car je ne me fie plus à ceux qui sont chargés de ce soin. »

L'animal fit promptement disparaître les aliments qu'on lui servit, puis elle courut à la chambre de Marie et s'étendit en travers de la porte comme pour en défendre l'entrée.

Chapitre XXIV
La lettre du mort

Lorsque la comtesse vint retrouver son beau-fils et sa fille, elle avait le front soucieux.

« Marie a recouvré un peu de force, dit-elle, répondant à leurs questions anxieuses, mais je crains qu'elle ne soit bien malade ; elle paraît souffrir de la tête, et divague en racontant toutes sortes de choses navrantes.

« Non, poursuivit-elle en retenant Valérie qui se dirigeait vers l'appartement de son amie, je ne te permets pas de la soigner avant de savoir ce qu'est cette fièvre ; elle pourrait être contagieuse, nous verrons la décision du docteur que j'attends. »

Puis, tendant à Gérald un morceau de papier froissé :

« Voilà ce que j'ai trouvé serré dans la main de la pauvre enfant ; lis si tu peux, moi j'ai l'esprit trop troublé. »

La lettre était écrite en espagnol et signée Gérald, uniquement.

« Le nom de mon pauvre parrain, dit le jeune homme ému malgré lui, il était parent de ma mère et le meilleur ami de mon père. Il y a près de quinze ans que nous n'avons entendu parler de lui, c'est-à-dire depuis son mariage environ. »

Le jeune de Cergnes lisait plusieurs langues, entre autres l'espagnol.

Il lut une fois l'étrange lettre, eut une exclamation de surprise, puis la relut avec plus d'attention encore.

Alors il prit la comtesse à l'écart :

« Ma mère, lui dit-il, il y a là-dedans des choses très graves concernant votre petite protégée. Veuillez éloigner Valérie pour que je vous communique cette missive. »

Lorsqu'il se vit seul avec sa belle-mère, le jeune homme commença d'une voix émue sa lecture.

Le papier était daté du mois d'octobre, quatorze ans auparavant.

« Mon excellent ami,

« Tu m'accusais dernièrement d'oubli, d'indifférence, que sais-je ? et cependant je n'ai pensé qu'à toi au milieu de ma détresse, à toi comme au seul ami qui pût me tendre une main secourable.

« Souviens-toi, Gaston, que nous nous sommes promis un mutuel appui dans la vie ; tout t'a souri, tu n'as pas eu besoin du mien, aujourd'hui je viens réclamer le tien.

« Tu sais que j'ai épousé il y a deux ans une charmante Espagnole que je t'ai présentée un jour à Paris ? Hélas ! mon pauvre ami ! elle n'a pu me rendre heureux que jusqu'à la naissance de mon enfant, qui lui a coûté la vie, et, lorsque je me suis trouvé veuf et plongé dans la désolation, retenu toi-même au lit de mort de ton père, tu n'as pu que m'adresser une lettre pleine de cœur.

« Ce que je t'ai laissé ignorer jusqu'à présent c'est le mauvais état de mes affaires, et ma fortune détruite par un banquier infidèle qui s'est enfui en me ruinant.

« Si j'étais seul au monde, quoique gentilhomme je chercherais un modeste emploi en France ou en Espagne (c'était aussi le pays de ma mère), et je vivrais simplement ; mais j'ai une fille, ma petite Carmen, qui a reçu au baptême le même nom que sa mère et qui a déjà ses yeux magnifiques. Je veux reconstruire ma fortune pour elle.

« J'ai à Mexico un oncle extrêmement riche et célibataire qui m'offre de venir l'aider à administrer ses biens immenses, me promettant de me les léguer à sa mort qui, j'espère, est encore éloignée.

« Je pars, car là est l'avenir de mon enfant, mais je ne puis exposer ce pauvre petit être aux hasards et aux fatigues d'un long voyage. J'ai pensé à toi, mon ami, pour me remplacer auprès de ma petite Carmen. Ta femme, que je respecte et que j'admire comme un ange de bonté, lui donnera, je n'en doute pas, une part des soins qu'elle prodigue à ton beau Gérald, mon filleul, et à sa mignonne Valérie.

« Je sais d'avance que tu ne me refuseras pas ce service ; dès que mon enfant sera assez forte ou assez grande pour supporter la traversée, je viendrai la chercher ; et avec quelle joie !

« Je t'envoie donc mon trésor sous la garde de sa nourrice, une brave femme en qui j'ai toute confiance ; celle-ci était un peu souffrante, ce matin ; j'espère que ce ne sera rien et que demain je pourrai la mettre en route, car, hélas ! je ne puis moi-même me rendre à Saint-Prestat ; des affaires urgentes me retiennent ici, et je dois prendre dans trois jours le paquebot du Havre ; ni le bateau ni la diligence ne m'attendraient.

« Je ne sais pas de parole, Gaston, pour te témoigner ma reconnaissance, mais je prie Dieu qu'il t'accorde à toi et aux tiens

Chapitre XXIV

tout le bonheur désirable.

« Mes respectueux hommages à madame de Cergnes et une caresse à mon beau filleul et à sa jolie sœur.

« Ton malheureux ami,

« Gérald. »

Comment cette lettre se trouvait-elle en la possession de la Moucheronne, et comment était-elle demeurée enfouie si longtemps sous terre ?

Manon avait appris ce qu'elle savait de l'histoire de Marie à Mme de Cergnes, mais sa mémoire affaiblie ne lui rappela point le précieux papier ; l'enfant, docile à sa vieille amie, crut qu'il fallait le garder caché.

Le malheureux père, après avoir écrit la lettre précédente, à son ami, n'en usa pas, car il dut amener lui-même à Saint-Prestat la pauvre petite fille dont la nourrice se mourait à l'auberge, entourée de soins, grâce à la générosité de l'enfant.

Nous savons ce qu'il advint du voyageur et du bébé, et pourquoi nul ne s'émut de leur disparition. On s'aperçut de celle du cocher, mais à cette époque la police ne possédait pas comme à présent de fins limiers, et les recherches n'amenèrent aucun résultat. Les bandits, qui avaient donné deux fois la mort dans les bois de Saint-Prestat, s'étaient emparés de la missive en même temps que du bébé et ne s'en étaient plus souciés.

Ainsi Marie, la Moucheronne, l'ancien souffre-douleur de Favier, se nommait Carmen de Nuovi, et elle était la fille du meilleur ami du comte de Cergnes avec lequel il avait même un lien de parenté éloignée ; son père était le parrain de ce Gérald de Cergnes qu'elle avait pour ainsi dire écarté de la mort quelque temps auparavant.

« Et dire, ma mère, dire que la pauvre enfant a tant souffert ! qu'elle aurait pu mourir sous les coups de Favier sans qu'on pût savoir qui elle était ! murmura le jeune homme dont les yeux étaient humides de larmes.

– Ah ! mon ami, répondit la comtesse non moins émue, que nous devons dédommager la chère mignonne de tout ce que nous lui avons fait souffrir nous-mêmes sans le savoir. Mais laisse-moi, il faut que j'aille la soigner moi-même. Toi, tâche d'avoir le plus d'éclaircissements possibles de cette affaire et va consulter les papiers de la famille. Ne dis rien encore à Valérie, je me charge de lui apprendre qu'elle peut nommer Marie sa cousine. »

Et, laissant le jeune homme pensif, elle rentra dans la chambre de la malade.

Chapitre XXV
Épilogue

Marie, que nous appellerons désormais de son véritable nom, Carmen, demeura plusieurs jours entre la vie et la mort, moins peut-être à cause de la privation de nourriture subie trop longtemps, que par la secousse morale qui avait ébranlé ses nerfs et son cerveau.

La bague avait été retrouvée le lendemain de sa fuite désespérée, derrière un meuble où elle avait roulé, et les domestiques, honteux de leur conduite infâme, ne savaient plus quelle contenance garder les uns vis-à-vis des autres, car ils se sentaient coupables, et ils en voulaient à Mlle Sophie qui les avait poussés à haïr l'enfant trouvée.

Ce fut bien pis lorsqu'ils apprirent que cette enfant trouvée était Mlle de Nuovi, la fille d'un noble gentilhomme et la parente de leurs maîtres.

Comme ils étaient meilleurs au fond qu'à la surface, un revirement complet se fit en eux, et le jour où l'on descendit la petite convalescente au jardin où se montrait un pâle rayon de soleil, ils vinrent tous en groupe lui demander pardon.

Carmen était sans rancune et elle leur tendit à tous sa petite main amaigrie en signe de réconciliation.

Il y avait quelqu'un, cependant, qui ne pardonnait pas si facilement : c'était Nounou ; et, chaque fois que Mlle Sophie passait à sa portée, elle lui allongeait un coup de dents ; si bien que la vieille fille qui vivait dans des transes continuelles, vint un jour trouver la comtesse et lui fit entendre qu'elle ne resterait pas au château si la louve continuait à y demeurer.

« À votre aise, répondit sèchement Mme de Cergnes, nous allons régler votre compte. Aussi bien, vous devez comprendre que, après ce qui s'est passé récemment, vous n'êtes pas regardée ici d'un bon œil. »

Et Mlle Sophie fut congédiée ainsi ; elle s'en alla, regrettée de personne, et grommelant entre ses longues dents :

« C'est-y Dieu possible, qu'on me préfère une horrible bête sauvage, à moi qui ai près de quinze ans de service dans cette maison ! »

Peu après ces aventures successives, le comte de Cergnes revint de son voyage ; il était soucieux : les affaires n'avaient pas été tout droit comme il l'aurait voulu, et il n'était pas sûr encore que la succession qu'il était allé chercher si loin lui revînt.

Lorsqu'il apprit l'histoire de Carmen, et qu'il lut la lettre de son ami mort d'une façon si tragique, il s'écria :

« Mais, c'est à cette enfant que revient l'héritage du cousin Minotto ! Le testament est arrangé de façon à ce que cette fortune ne puisse me revenir, que si Gérald de Nuovi et sa fille sont décédés tous les deux ; or on n'avait aucune preuve du décès, et l'enfant vit. Voilà donc notre petite Carmen très riche. »

Cette nouvelle, nous devons le dire à sa louange, n'émut aucunement la fillette : elle eut même une larme de regret en songeant que la mère Manon était morte trop tôt : elle aurait pu lui faire une vieillesse si choyée, si heureuse !

« À quoi emploieras-tu tout cet argent ? lui demanda Valérie, riant à la pensée de voir millionnaire sa cousine si détachée des biens matériels.

– Je donnerai à ceux qui n'ont pas, répondit l'enfant, et je ferai bâtir une grande maison de campagne pour les enfants qui n'auront ni père ni mère et que leurs maîtres battront. »

Valérie l'embrassa :

« Tu es meilleure que moi, va, tu es un ange. »

Et Carmen rencontra le regard attendri de son cousin Gérald qui les écoutait toutes les deux.

Quelque temps après la fillette fit sa première communion avec une ferveur qui édifia tout le monde, et ce jour-là, elle supplia M. de Cergnes, devenu son tuteur, d'habiller de sa part une vingtaine d'enfants pauvres et de leur donner à dîner.

À l'automne suivant, on se rendit à Paris, à la grande joie de Valérie ; Carmen ne se plus pas autant dans le bel hôtel du boulevard Saint-Germain que dans le château un peu mélancolique de Saint-Prestat.

Nounou qu'on avait emmenée se faisait vieille, et, quoiqu'elle dormît la plupart du temps sur un coussin moelleux dans le grand hall qu'il lui était permis d'habiter, elle soupirait souvent après l'air de la forêt qui lui manquait à présent.

Cependant Carmen devait voir son désir se réaliser ; elle résida aussi longtemps et aussi souvent qu'elle le souhaitait à Cergnes. Le pays où elle avait vu ses premières douleurs et ses premières joies lui était cher.

Tandis que Valérie épousait un jeune châtelain des environs de Saint-Prestat qui aimait aussi beaucoup la vie de Paris, Carmen de Nuovi mettait sa jolie main dans la main loyale de son cousin Gérald.

Ils avaient tous les deux le goût de la contrée un peu triste et solitaire où ils pouvaient faire beaucoup de bien. Le château de Cergnes et ses dépendances furent donnés au jeune homme qui remit sa démission au régiment.

Sa mélancolie avait disparu, tout en lui laissant sa belle gravité, cette gravité peinte aussi sur le charmant visage de Carmen.

Gérald de Cergnes avait dû épouser quelques années auparavant une jeune fille qui était morte presque subitement au sortir d'un bal, et il en avait gardé longtemps une impression profonde. Mais à présent, il était heureux et il rendait heureuse celle qu'il appelait quelquefois « la Moucheronne » quand il ravivait en souriant le souvenir du passé.

Le propriétaire de la forêt, toujours joyeux viveur, a fini par écorner passablement sa fortune ; or il a été satisfait de trouver un acquéreur pour ses bois, lequel acquéreur les a payés largement : c'est Mlle de Nuovi, devenue la vicomtesse de Cergnes ; et à présent sa chère forêt est à elle, bien à elle, et elle a fait ériger une chapelle au lieu où se dressait autrefois la cabane de son bourreau ; puis une autre plus belle encore au pied d'un chêne où l'on a trouvé des ossements humains.

Chapitre XXV

Nounou termine ses jours dans la paix au milieu de ses amis, et déjà une nichée de babies roses et rieurs jouent entre ses pattes, lui tirant les oreilles ou les poils sans que la brave bête s'en montre irritée. Au contraire, elle remue sa vieille queue un peu pelée, chaque fois qu'une petite voix argentine bégaie : « Nounou ! Nounou ! »

ISBN : 978-3-98881-812-6

Milton Keynes UK
Ingram Content Group UK Ltd.
UKHW042312160224
437951UK00004B/425